文春文庫

尾《お》張《わり》ノ夏《なつ》

居眠り磐音（三十四）決定版

佐伯泰英

JN019306

文藝春秋

目次

「居眠り磐音」主な登場人物

佐々木磐音《ささきいわね》　元豊後関前藩士の浪人。直心影流の達人。旧姓は坂崎。師である佐々木玲圓の養子となり、江戸・神保小路の尚武館佐々木道場の後継となった。

おこん　磐音の妻。磐音が暮らした長屋の大家・金兵衛の娘。今津屋の奥向き女中だった。

今津屋吉右衛門《いまづやきちえもん》　両国西広小路の両替商の主人。お佐紀《さき》と再婚、一太郎が生まれた。

由蔵《よしぞう》　今津屋の老分番頭。

佐々木玲圓《ささきれいえん》　磐音の義父。内儀のおえいとともに自裁。

速水左近《はやみさこん》　将軍近侍の御側御用取次。佐々木玲圓の剣友。おこんの養父。

松平辰平《まつだいらたつぺい》　佐々木道場の住み込み門弟。父は旗本・松平喜内《きない》。廻国武者修行中。

重富《しげとみ》利次郎《としじろう》　佐々木道場の住み込み門弟。土佐高知藩山内家の家臣。

霧子《きりこ》　雑賀衆の女忍び。佐々木道場に身を寄せる。

小田《おだ》平助《へいすけ》　槍折れの達人。佐々木道場の客分として長屋に住む。

品川《しながわ》柳次郎《りゅうじろう》　北割下水の拝領屋敷に住む貧乏御家人。母は幾代《いくよ》。

竹村《たけむら》武左衛門《ぶざえもん》　陸奥磐城平藩下屋敷の門番。早苗など四人の子がいる。

弥助《やすけ》　「越中富山の薬売り」と称する密偵。

おそめ　幸吉の幼馴染み。縫箔職人を志し、江三郎《こうざぶろう》親方に弟子入り。おはつの姉。

鶴吉《つるきち》　浅草聖天町「三味芳」の名跡を再興した六代目。三味線作りの名人。

徳川《とくがわ》家基《いえもと》　将軍家の世嗣。西の丸の主。十八歳で死去。

小林《こばやし》奈緒《なお》　磐音の幼馴染みで許婚《いいなずけ》だった。小林家廃絶後、江戸・吉原で花魁《おいらん》・白鶴《はっかく》となる。前田屋内蔵助に落籍され、山形へと旅立った。

坂崎《さかざき》正睦《まさよし》　磐音の実父。豊後関前藩の藩主福坂実高《ふくさかさねたか》のもと、国家老を務める。

田沼《たぬま》意次《おきつぐ》　幕府老中。愛妾のおすなは「神田橋のお部屋様」の異名をとる。

『居眠り磐音』江戸地図

新吉原
山谷堀
東叡山 寛永寺
忍ケ岡
上野
下谷車坂町
浅草
待乳山
聖天社
向島
竹屋ノ渡し
浅草寺
今戸橋
今津屋寮
花川戸町
常泉寺
小梅村
新寺町通り
新堀川
下谷広小路
吾妻橋
源森川
業平橋
品川家
十間川
首尾の松
北割下水
今津屋
石原橋
本所
吉岡町
天神橋
法恩寺橋
新シ橋
浅草御門
柳原土手
両国橋
南割下水
入江町
横川
金的銀的
長崎屋
薬研堀
回向院
松井橋
竪川
浮世小路
若狭屋
大川
六間堀
鰻処宮戸川
猿子橋
新高橋
新大橋
小名木川
日本橋川
鎧ノ渡し
万年橋
霊巌寺
深川
砂村新田
亀島橋
霊岸島
金兵衛長屋
八丁堀
永代橋
仙台堀
永代寺
富岡八幡宮
鉄砲洲
越中島
佃島
堺橋

護国寺
面影橋
中山道
日光御成街道
小石川
伝通院
本郷
下谷茅町
石切橋
牛込
豊後関前藩
上屋敷
湯島天神
神田川
神田明神
牛込御門
水道橋
表猿楽町
尚武館佐々木道場
駒井小路
駿河台
昌平橋
筋違橋御門
田安御門
市谷八幡宮
神保小路
九段坂
俎橋
雉子橋
内藤新宿
四谷大木戸
市谷御門
一橋御門
千鳥ヶ淵
鎌倉河岸
善国寺谷通
麹町
江戸城
神田橋
四谷
四谷御門
本丸
大手御門
半蔵御門
道灌堀
一石橋
平川天満宮
西の丸
和田倉御門
呉服町
馬場先御門
鍛冶橋御門
南町奉行所
比丘尼橋
数寄屋橋御門
三十間堀
清水谷
溜池
木挽橋
氷川明神
原宿
木挽町
愛宕権現
長谷寺
宝泉寺
増上寺
芝
麻布村
麻布広尾町

尾張ノ夏

居眠り磐音（三十四）決定版

第一章　おそめの夢

一

　おそめはこの朝、縫箔《ぬいはく》の名人江三郎《こうざぶろう》親方と女房のてるに見送られて、通町《とおりちょう》二丁目の辻《つじ》に出ると、呉服町を振り返った。すると親方夫婦が手を振った。

　おそめは片手を上げて応《こた》え、頭を下げた。もう一方の手には、てるが持たせてくれた風呂敷包みがあった。

　おそめは親方に半日の暇を貰《もら》ったのだ。

　前日、仕事が終わる刻限、江三郎親方がおそめに言った。

「おそめ、まともな休みとてなかったのに、よう三年辛抱したな。明日はおっ母さんに顔を見せてこい」

突然のことに、おそめは訝《いぶか》しげな表情で親方を見返した。

「親方、藪入《やぶい》り（宿下がり）には早うございます」

お店《たな》の奉公人が待ち望む藪入りは年に二度、正月十六日と七月十六日と決まっていた。

「そんなこと百も承知だ。こりゃ、おれの命《めい》だ」

江三郎親方がことさらに険しい顔で言い切った。

おそめは顔色を変え、自らの作業場で姿勢を改めた。

「親方、私は暇を出されるのですか」

「ふっふっふ」

と江三郎が笑みを洩《も》らした。その瞬間、親方の険しい目付きが、父親か爺《じい》様のような優しい眼差《まなざ》しに変わった。

「おそめ、大事な弟子に、そうそう暇を出せるものか。こいつは褒美《ほうび》だよ」

おそめは親方の笑顔を見るとほっと安堵《あんど》した。

親方のかたわらに作業台を並べて注文の打掛けの裾《すそ》模様に針を刺していた江三郎の倅《せがれ》の季一郎《きいちろう》が、

「おそめ、親方の言葉は素直に聞くもんですよ」

と京訛《なま》りが残る口調で笑いかけた。

季一郎は五年にわたる京修業を終えて江戸に戻ってきたばかりだ。江三郎は倅が戻ってくるというので、何カ月も前から期待と不安の顔で待ちうけていた。季一郎が仕事場に戻った朝、その挙動をちらりちらりと眺めた。いや、親方ばかりか古手の弟子の公蔵《こうぞう》らが、興味津々に季一郎の修業の成果を見定めようとした。

そんな視線の中、季一郎は作業場の周りを整えると、父親である親方に一礼して、淡々と仕事を始めた。

前夜、親方から命ぜられたのは、「染分綸子地《そめわけりんずじ》流水に杜若《かきつばた》模様振袖《ふりそで》」の縫箔だった。

この模様は『伊勢物語』の在原業平の東下りの一場面に想を得て、江三郎がこの一年余り没頭してきた仕事の一つだった。それだけに難しくも繊細な仕事だった。江三郎は自らの遣《や》りかけの仕事で倅の五年の修業の成果を見ようという魂胆だった。

季一郎は江三郎の命を受け止めると、親方の針捌《さば》きを仔細《しさい》に眺めた。

大胆にして簡素、それでいて華やかさと気品が感じられる模様の全景を頭に叩《たた》き込んだ季一郎は、江三郎がわざと途中で針を止めた杜若の蕾《つぼみ》をしばし見ていたが、台の下から手を回し、江三郎の針の痕《あと》を掌《てのひら》で触って確かめた。そして、親方や兄弟子が見守る中、

すいっ

と最初の針を通した。

その瞬間、おそめは背筋がぞくぞくした。

工芸の都で厳しい修業を経てきた季一郎の一針一針は、正確無比で流れるようで、それでいて仕上がりが丹念なのだ。なんとも艶《あで》やかな針遣いは、江三郎の仕事と比べて遜色《そんしょく》がない。それどころか江三郎の仕事に雅《みやび》を加えたようで、おそめの、いや江三郎らの目を釘付《くぎづ》けにした。

「ふうっ」

安堵の吐息を洩らした江三郎が自分の仕事に神経を移した。

季一郎が戻ってきてから、江三郎親方の仕事場の雰囲気が明らかに変わった。ぴーんと張り詰めた緊張に新しいものが創造される予兆が加わり、弟子全員が競い合うように仕事に励んだ。

江三郎がおそめに半日の暇をくれたのはそんな最中だった。

おそめは重い風呂敷包みを持ちかえながら一旦《いったん》日本橋に向かって通一丁目まで歩き、老舗《しにせ》の近江屋《おうみや》の角を万町《よろずちょう》、青物町《あおものちょう》と抜けた。

江戸でも有数の繁華を誇る一帯はちょうどお店が始まったばかり、小僧さんが表を箒《ほうき》で掃き、手代が水を打っていた。

楓《もみじ》川に架《か》かる海賊橋でおそめは足を止めた。

おそめの胸に新たな夢が生じていた。

季一郎の技と仕事ぶりに接したとき、

（私も京に修業に出たい）

という想いがふつふつと湧《わ》いてきたのだ。だが、生じたばかりの夢は口にできるようなものではなかった。

季一郎が親方に願って京へ修業に出たのは二十六歳の折りで、すでに父親にして親方である江三郎のもとで十年以上の厳しい経験を積んでいたそうな。その仕事ぶりを買われて、江三郎に仕事を頼む老舗呉服屋の番頭らが、

「親方、季一郎さんに京の仕事を経験させておやり」

と勧めて実現した京修業だったとか。おそめは、

「私もいつの日か」

と淡い夢を胸に秘めた。

楓川の下を荷舟がゆっくりと往来し、舳先《へさき》が朝靄《あさもや》を散らした。

おそめは坂本町一丁目に入ると、薬師堂山王旅所、芭蕉堂を横目に、ひたすら東に向かった。すでに仲夏《ちゅうか》の陽射《ひざ》しがおそめの額にうっすらと汗をかかせていた。

左手は南茅場町《みなみかやばちょう》の町並みで、おそめが歩く道沿いに疏水《そすい》が流れていた。そのせせらぎの音がおそめの気持ちを清々《すがすが》しいものにしてくれた。

江三郎親方のもとに女弟子として入ったとき、兄弟子らの無言の反感の眼差しに曝《さら》された。職人世界で娘の弟子をとるなど、まずないことだったからだ。

「裏長屋育ちの娘になにができる」

という意地悪な見方を変えたのは、おそめのひた向きで一途《いちず》な仕事ぶりだった。仕事場に一番先に入り、一番後に立つおそめの姿に、兄弟子らは徐々に考えを変えていった。それほどこの三年は気の休まる暇とてなかった。

季一郎が親方のもとに戻った日のことだ。江三郎が、

「季一郎、この娘は、自ら願っておれの弟子になったおそめだ」

と紹介した。

おそめが黙って頭を下げる中、遣りかけの下仕事を眺めた季一郎が、

「一針一針に必死の想いが籠《こも》っています。親方、よい弟子を取られましたね」

と洩らしたものだ。

霊岸橋を渡ったおそめは日本橋川に出た。短い川の下流部は霊岸島新堀と呼ばれるが、その流れに沿った南新堀町一丁目から二丁目へと足早に歩んだ。

豊海《とよみ》橋の向こうに、薄い朝靄が漂う大川の流れが見えてきた。

長さ百二十間余の永代橋も見えた。橋を渡ればおそめが生まれ育った深川六間堀界隈《かいわい》だ。

おそめの足はさらに早まり、豊海橋を渡ると御船手番所をちらりと覗《のぞ》いて永代橋にかかった。

おそめの足が再び止まったのは永代橋の真ん中だ。

南の欄干《らんかん》に身を寄せたおそめは、提げてきた風呂敷包みを足元に置いた。そして、南に向かって手を合わせた。

(佐々木《ささき》様、おこんさん、親方から半日の暇を貰っておっ母さんのもとに戻るところです)

(おそめちゃん、よく頑張ったわね)

という言葉がおそめの胸に響いた。

（おこんさん、元気なんですね）

おそめの問いかけにおこんの笑顔が浮かんだ。

天秤棒《てんびんぼう》がしなる音がして振り向くと、軒菖蒲《のきしょうぶ》売りの姿が目に留まった。

大方、砂村新田か亀高《かめたか》村の百姓が、端午の節句に合わせて育てた菖蒲《しょうぶ》を江戸の町に売りに行く姿だろう。古書に、

〈五月五日、しょうぶの節句とて粽《ちまき》を巻き、蓬《よもぎ》菖蒲にて軒端を飾り……〉

と書き残されている習わしだ。これを軒菖蒲ともいう。古《いにしえ》より菖蒲は薬草の一つであるところから邪気悪魔を払うと信じられていた。

おそめと目が合った菖蒲売りが、

「菖蒲や菖蒲、しょうぶやしょうーぶ」

と売り声を聞かせてくれた。

「おじさん、おいくらですか」

「娘さん、御用の途中か」

足を止めた軒菖蒲売りが訊き返した。

「奉公先から半日暇を貰って長屋に戻るところです」

「口あけだ、持っていきな」

と一茎一茎に蓬を添えて縛った菖蒲を一本くれた。

「お代は持っています」

「おめえさんの目は孝行もんの目だ。おっ母さんにあげてくんな」

「有難うございます」

おそめは深々と頭を下げると軒菖蒲売りを見送り、再び最後の道を歩き出した。

唐傘長屋の木戸口を潜《くぐ》ったとき、父親の屋根職人兼吉《かねきち》が仕事場に出かけようとしていた。

「お父っつぁん、お早う。こんな刻限に普請場《ふしんば》に間に合うの」

「普請場は隣町だ。おれのことよりおめえはどうした。仕事場をしくじったか」

「今日半日、親方に格別にお暇を貰ったの」

「藪入りでもねえのになんだ」

「よく働くからよ」

「江三郎親方は厳しいからよ、暇を出されたかと思ったぜ」

「お父っつぁんじゃないわよ」

「おそめ、近頃おれも改心した。賭場《とば》には一切足を入れてねえ」

「当たり前よ。今度賭場に出かけて借金を拵《こしら》え、おはつを吉原に売るなんて羽目になったら私が許さないわ」

　おそめが父親を睨《にら》んだ。

　兼吉は賭場に借金が嵩《かさ》み、おそめを悪所に売り飛ばそうとしたことがあった。おそめは妹のおはつの名を出して釘を刺したのだ。

「おそめ、おめえ、近頃段々とおきんに似てくるな。女房が二人いるようだぜ」

　と兼吉が普請場に出かけていこうとした。

「娘がなんでご褒美にお暇を貰ったか訊かないの」

「暇は暇だろ。おれが戻る夕刻までいるか」

「それは無理だと思うわ。秋の藪入りには泊まっていくからね」

　と答えたおそめは、

「そうだ、普請場が近いのなら昼餉《ひるげ》に戻ってこない」

「なにかあるのか」

「おかみさんに赤飯を頂戴《ちょうだい》したの」

「よし、赤飯は別にして、おめえの顔を見に戻らあ」

　と照れた顔で言った兼吉が木戸口を出かけて、

「おそめ、浪人さんとおこんちゃんは元気かね」

と自問するように呟《つぶや》いた。

「あのお二人だもの、元気に決まってるわ。お父っつぁんが心配するのは身内のことよ」

「違いねえ」

と応じた兼吉が痩《や》せた背中を見せて出かけていった。

「おや、おそめちゃんじゃないか！」

長屋から顔を出し、大声を上げたのは幸吉《こうきち》の母親だ。

「大変だよ、おきんさん。おそめちゃんが戻ってきたよ」

「い、いい、おしげさん、見間違いじゃないかい。宿下がりには早いよ」

奥の井戸端から、洗いものを入れた竹笊《たけざる》を抱えたおきんが姿を見せて、

「あれ、ほんとだ、おそめだよ」

と素《す》っ頓狂《とんきょう》な声を上げた。その背後から長屋の女衆《おんなし》がぞろぞろと姿を見せて、

「おそめちゃんだ、大きくなったよ。なんだか垢《あか》ぬけてないかい。元々、兼吉さんとおきんさんから生まれたとは思えないほどの器量よしだからね」

「あれ、おそめはあたしの子じゃないというのかえ」

「自分の腹からひり出した娘くらい覚えがあろうじゃないか」

「だから、あたしの娘なんだよ」

と喚《わめ》いたおきんのこめかみには梅干しが張り付けてあった。

「おそめ、暇を出されたのかい。それとも辛抱ができなかったかえ」

おきんが切迫した口調で畳みかけた。

「おきんさん、なら嫁に出せばいいさ」

おきんの言葉に、幸吉の母親おしげが無責任な言葉で応じた。

「おっ母さんもおばさんもよく聞いて。私は暇を出されたわけでも、辛抱できなくて帰ってきたわけでもありません。親方が、日頃よく働くご褒美にって休みをくださったんです」

「あら、そうかい。おそめちゃんは幸吉と違ってしっかり者で気が強いから、親方に気に入られたんだね」

おしげが無責任なことを言い、おきんが、

「おそめ、その足で湯屋に行っておいでよ。さっぱりするよ」

「湯屋はいいの」

と答えたおそめが、

「これ、親方とおかみさんからの託《ことづ》かりものなの」

と風呂敷包みを見せた。

「なんだろうね」

おきんとおそめは長屋に戻った。すると弟の平次《へいじ》が、

「あっ、姉ちゃんだ」

と嬉《うれ》しそうに迎えた。

「平次、背が高くなったわね」

「へっへっへ、今に姉ちゃんを抜くぜ」

と平次が笑い、おきんが、

「お父っつぁんに言われた使いに行っておいで」

と命じた。

「夕刻までに済ますよ」

「お父っつぁんは昼餉に戻ってくるよ」

「なんだって。仕方ねえな」

と言いながら平次が長屋を出ていった。

「おそめ、ほんとうに奉公先をしくじったんじゃないんだね」

「おっ母さん、心配しないで。風呂敷包みを開けてみて」

と風呂敷包みをおきんに渡したおそめは、軒菖蒲を長屋の出入口の柱に立てた。

「おや、鯛《たい》の焼きものとお赤飯だよ」

「だから、お祝いなの」

「なんのお祝いだい」

「私のお祝い」

「おそめのお祝いだって」

今朝方、てるが、

「おっ母さんにね、一人前の娘になりましたと報告してくるんだよ」

と持たせてくれたお祝いの品だった。

「そ、そうなのかい。おそめ、ようやくおまえにも月のものが来たんだね」

おきんの言葉におそめが恥ずかしそうに頷《うなず》いた。

湯屋に行かないというおそめの態度に、初午《はつうま》が来たのではないかと気付いたのはてるだった。そのとき、てるはおそめに初午のことを懇切に教えて、

「おまえは奥手だったんだね。男に混じっての仕事の緊張からだよ、きっと。だけど、もう安心。おそめ、おまえは一人前の女ですよ」

と言ってくれた。その言葉にどれだけおそめは勇気づけられたか。

「そうか、おまえがね」

とおきんは両手で顔を覆って泣き出した。

「だから、お父っつぁんに昼餉に戻ってくるように願ったの」

「おめでとう、おそめ。そりゃ、湯屋はだめだね」

と言うと拳《こぶし》でごしごしと涙を拭《ぬぐ》った。

「おそめ、おまえはいい親方とおかみさんのもとに奉公に出たよ。親方夫婦の思いを裏切るようなことをしちゃならないよ」

「大丈夫よ。私、石にかじりついても一人前の縫箔職人になる」

うんうんと頷いたおきんが、

「いくら親方がいい人だからって、のうのうと寝てはいられないだろう。布団を敷くからひと休みするかえ」

「私、親方の家を出るときから、金兵衛《きんべえ》さんをお見舞いすると決めてあるの。金兵衛さんの家まで行ってきていい」

「ああ、昼までには戻っておいで。みんなでお祝いをしよう」

という声を聞いておそめは長屋を出た。

「幸ちゃんは元気、おばさん」

とおそめがおしげに問うと、

「最近じゃあ、一丁前に割《さ》き台持たされて鰻《うなぎ》を割いているそうだよ。おそめちゃん、よかったら宮戸川《みやとがわ》に顔を出しておくれな。幸吉の励みになるからさ」

そうするわ、と答えたおそめは木戸を飛び出した。

二

おそめが玄関の戸を開けると、庭で金兵衛のどてら姿がちらちらしていた。差配の金兵衛の家には西南がわに狭いながら庭があった。その奥は紀伊和歌山藩の拝領屋敷の一つで、樫《かし》の大木の新緑を透かした木漏れ日が金兵衛の庭に射《さ》し込んでいた。

「大家さん」

「油揚げなら上がりかまちに置いていってくれ」

金兵衛は振り返りもせず言った。言葉に力があり、背中がかろやかに動いていた。

「金兵衛さん、豆腐屋のおくめさんじゃありませんよ」

金兵衛は南六間堀町の豆腐屋から、毎朝豆腐一丁と油揚げを届けてもらう習慣があった。おそめの声を豆腐屋のお嫁さんと間違えたらしい。

「たれだえ、この刻限」

と振り向いた金兵衛の手に鋏《はさみ》があった。植木の剪定《せんてい》をしていたのだ。両目を見開いた金兵衛がじいっと眺めていたが、

「脅《おど》かすねえ。おこんかと思ったぜ」

金兵衛はおそめをおこんと見間違えたらしい。というより、おこんに会いたい一心が、金兵衛の目にはおこんの姿と映したのか。

「娘さん、なんぞ用事か。空き屋探しなら一軒ないこともないがね」

「金兵衛さん、見忘れたの。おそめよ」

「なんだって、おそめちゃんだって」

金兵衛が下駄を脱ぎ棄てると縁側に飛び上がり、座敷を抜けて玄関に出てきた。

「ほんとうだ、おそめちゃんだ」

「おこんさんと見間違えるなんておかしいわ」

「いやさ、おそめちゃんがあんまり大人になってるんで、つい見間違えたんだ。もうちゃん付けじゃ呼べないな。おそめさんだぜ」

と金兵衛が眩《まぶ》しそうにおそめを見た。

「いくら私が大きくなったといっても、今小町のおこんさんとは似ても似つかないわ」

「いや、おこんとおそめちゃんは、すうっとしている姿かたちがそっくりだぜ。それにしてもちょいと見ぬ間に女になったよ」

「そうじろじろ見られたら恥ずかしいわ。でもよかった」

「なにがだい」

「どてらの金兵衛さんが元気そうで」

「おれは、いつだって元気だよ。今年の夏は大山参りにでも行こうかと考えててさ、だから、見廻《みまわ》りと称して町内を歩き廻り、足腰を鍛えてるんだよ」

「よかった」

とおそめがしみじみと洩らした。

「おそめちゃん、おれがいつまでも嫁に行ったおこんのことで思い悩んでいるとでも思ったか。親と娘はいつか別々の道を歩くのが運命《さだめ》だ」

「お婿《むこ》さんを取れば一緒に暮らせるわ」

「おそめちゃん、そりゃ同じ屋根の下に暮らす親と子はいよう。だがな、娘はもはや幼いときの娘じゃない。別の男の持ち物だ」

「持ち物だなんて、なんだか犬か猫みたい」

「兼吉さんもいつかそんな考えになるときがくらあ」

「男って寂しいのね。私には分からない」

「おそめちゃんは自ら縫箔職人の道を歩き始めたんだ。並の女とはいささか心持ちが違うかね」

と応じた金兵衛が、

「おい、奉公先をしくじって深川に戻ってきたか。こいつはまいったな。だが、しくじったものは仕方がねえ。縫箔職人だけが女の仕事じゃねえや。なんぞこの界隈だって仕事がないこともなかろうじゃないか。それともいささか早いが嫁に行くか」

とあれこれ頭に思い浮かんだことを喋《しゃべ》り散らした。

「金兵衛さん、私、親方のところをしくじったわけではないわ。親方が、この三年よく働いたからって半日休みをくださったんです」

「なんだ、そうだったたか」

ぺたりと上がりかまちに座り込んだ金兵衛が、ふうっと大きな吐息をついて、

「焦っちまったよ」

と安堵の言葉を洩らした。

「金兵衛さんにまで心配をかけてごめんなさい。私、必ず一人前の縫箔職人になりますから」

「おめえさんなら、きちんとした女親方になるぜ。幼いときからよく気が利《き》く娘だったものな。それに気が強くて涙もろいところもおこんにそっくりだった」

「おこんさんの引き合いに出される度にちょっぴり誇らしかった。でも、どう足《あ》掻《が》いても私はおこんさんには決してなれないと、気が重いことがあったわ」

「おそめちゃんの偉いところは、自ら道を決めたところだ。そういやあ、おこんの奴《やつ》も今津屋《いまづや》の奉公を自分で決めてきやがったな」

「おこんさんは、私なんかと違って大きな生き方をなさるお方よ」

「婿どのが婿どのだもんな。天下をとることはあるまいが、天下を騒がすくらいのことは、あの夫婦ならしのけるぜ」

「天下を騒がすだなんて、まるで石川五右衛門みたいだわ。佐々木磐音《いわね》様とおこんさんは、どんなところでも一角《ひとかど》の人物として認められるわ」

「そうだよな」

「そうですとも」

おそめと金兵衛は顔を見合わせて微笑《ほほえ》み合った。

木戸口を出たところで水飴《みずあめ》売りの五作《ごさく》の女房おたねに会った。かたわらに娘のおかやがいて、顔が陽《ひ》に焼けていた。

「おかやちゃん、元気」

「おそめ姉ちゃんだ」

「そう、おそめよ」

「金兵衛さんの声が表まで流れてきたから様子は分かったよ。おそめちゃんは頑張り屋だねえ」

「褒《ほ》めてくれてありがとう」

と礼を言ったおそめは、

「金兵衛さんが元気そうでよかったわ」

「空元気かもしれないけど、大山参りに行くんだと張り切ってるよ。まあ、一難去っての晴れ間ってとこかね」

「秋口の藪入りには顔を出すから、一緒に遊ぼ、おかやちゃん」

うん、と元気よくおかやが答えたのをしおに金兵衛長屋を後にした。

おそめが六間堀沿いを北之橋に向かうと、風に乗って胴間声《どうまごえ》が響いてきた。

「鉄五郎《てつごろう》親方、われら知らぬ仲ではなし、娘の給金にあれこれ注文をつける気はない。親方も承知のとおり、早苗《さなえ》は神保小路《じんぼうこうじ》の尚武館《しょうぶかん》で立派に奉公を勤めてきた。それがしが、いや、もとへ、わしが改めて説明することもないが、よんどころない事情で職を失《うしの》うてしもうた。早苗は佐々木磐音どのとおこんさん夫婦の江戸帰着を待つ気でおるようだが、あの二人が江戸に戻るのは二年先か、五年先か、あるいは十年先か、たれも知らぬ。わが家でも早苗を交えて話し、若先生と所縁《ゆかり》のあるところに奉公できれば早苗の気持ちも幾分和らごうと、今朝一番で地蔵蕎麦《じぞうそば》の竹蔵《たけぞう》親分を訪ねた」

「親分はなんと言われました」

「早苗がようできた娘というのは分かる。だが、女房が内職でやっているような蕎麦屋、早苗を雇いきれぬと言うのだ」

「ほうほう」

「親方、ほうほうではないぞ。われらとしては二番手に宮戸川に狙《ねら》いを定めた。いやさ、深川鰻処《うなぎどころ》宮戸川の盛名は今や江都《こうと》に知れ渡り、連日川向こうから船を仕立てて客が押し寄せるお店になられた。実に祝着至極にござる。だが、流行《はや》っておるだけに奉公人も揃《そろ》うておられようと、地蔵蕎麦を先にしたのだ。かくなる事情で二番手になったが、わが竹村《たけむら》家としては宮戸川に奉公できれば万々歳と思うてな、かく親子で参上した」

「ご趣旨はよう分かりました」

鉄五郎の声がして、おそめは北之橋で足を止めた。

いくら表まで響き渡る声とはいえ、用談中に変わりはない。遠慮しようかと迷ったのだ。すると話の場に幸吉もいたらしく、

「おそめちゃん」

と声を張り上げ、表に飛び出してきた。

「幸吉さん、元気」

ああ、と答えた幸吉が眩しそうにおそめを見た。

「どうしたの」

「なんだかおそめちゃん、いつもと違う。大人になったみたいだよ」

幸吉が野太い声で答えた。

「幸吉さんだって声変わりして、すっかり大人の職人さんよ」

「近頃、松吉《まつきち》兄さんと同じくらいの数を捌けるようになったんだぜ」

「幸吉さんは鰻には詳しいもの、慣れればすぐに鰻割きのこつを覚えると思ったわ」

「おそめちゃん、今日はどうしたんだい」

幸吉が訊いたところに店から鉄五郎親方の、

「幸吉、おそめちゃんにお店に入ってもらえ」

と命じる声がした。

おそめと幸吉が土間に入ると、小上がりに鉄五郎、武左衛門《ぶざえもん》、早苗の親子が向き合って座っていた。

「おお、おそめどのか。息災の様子、なによりなにより」

武左衛門が未だ侍言葉が抜けきらぬか、おそめに言いかけた。

「親方、竹村様、お取り込み中ではございませんか。私、この界隈をひと廻りしてきます」

「おそめどの、われらは昵懇《じっこん》の間柄、なんの遠慮も要《い》らぬ。佐々木磐音のいない本所深川では、致し方なく自分のことは自分でなさねばならぬ。本日は早苗の身についての相談事じゃ」

「竹村さん、六間堀界隈に筒抜けにございますよ」

「なに、わしの声が表に洩れたとな。それはいささか剣呑《けんのん》じゃな」

「なにが剣呑ですね。竹村さんの地声ですから、なんともしようがございませんが、深川じゅうが竹村さんの掛け合いの声に耳をそばだてておりますよ」

と笑った鉄五郎が、

「おそめちゃん、知らない仲じゃなし、遠慮をすることもあるまい」

とおそめに言い、親子に目を向け直した。

「早苗さんの身についちゃお節介は承知だが、木下《きのした》の旦那《だんな》と竹蔵親分とですでに話し合っておりましてね。その場で、おこんさんとおそめちゃんが奉公した今津屋ならどうかという意見も出たんだが、早苗さんの親父どのが親父どのだから、今津屋に迷惑がかかってもいけねえや。それで本所深川界隈の知り合いがよかろうということになり、竹村家の都合を聞く前に、うちでよければうちが引き受けることに一応決まっておりましたんで。竹蔵親分が断られたのはそんな経緯《いきさつ》からですよ」

「ほう、わしらが知らぬところでそのような話がな」

「不都合ですかえ」

「親方、親父どのが親父どのだからと言うたが、たれのことだ」

「おやおや、早苗さんの親父どのは一人と思いましたがね」

わしか、と武左衛門が陽に焼けた顔を指差した。それには取り合わず鉄五郎が、

「早苗さん、佐々木の若先生とおこんさんが江戸に戻ってくるまでうちで働くかえ」

と早苗に尋ねた。早苗が座に座り直して両手を突き、

「親方、親子の勝手な言い草をお聞き届けいただきましてありがとうございます。父はもはや口だけの人です。今までの手荒な暮らしぶりと多飲のせいで体のあちらこちらが痛むらしく、母が安藤《あんどう》家のお長屋の仕事の大半をやっておられます。私は少しでも母の手助けがしとうございます」

と頭を下げた。

「分かった」

鉄五郎が胸を叩いた。

「そこでじゃ、親方。まあ親しき仲にも礼儀あり、金銭のことは格別なり、と古人も申すでな、給金を定めねばなるまい。早苗はあのようなことを言うたが、たんとはいらぬ。そうじゃな」

父上、と早苗が武左衛門の言葉をぴしゃりと制した。

「私がこの宮戸川でどのような働きができるかどうかも分からぬ先に、そのようなことを申されてはなりません。私どもが考える前に、すべて皆様が心を砕いてくださったお話です。私は無給でも働かせてもらいます」

「無給じゃと。無給はないぞ」

と言う武左衛門を、早苗が縋《すが》るような眼差しで制した。

「竹村の旦那、わっしに任せてくれませんか」

「そうか、そのような曖昧《あいまい》なことでよいかのう」

と武左衛門は給金を決めることに拘《こだわ》ったが、

「早苗さん、おめでとう」

とおそめに言われて、

「有難うございます」

と早苗が応じて宮戸川への奉公が決まった。

「早苗さんは可愛《かわい》いから、きっと客に喜ばれますね、親方」

「幸吉、うちは味を売る店だ。娘の愛想なんぞで勝負はしねえ。分かったか」

と怒鳴られて、幸吉はしゅんとなった。

「親方、いつからご奉公が叶《かな》いましょうか」

「うちのかみさんに夜具の仕度をさせねばなるまいて、明後日《あさって》からでどうですかい」

「お願いいたします」

と早苗が改めて頭を下げた。

幸吉とおそめは、武左衛門、早苗親子を、六間堀が竪川《たて》と合流する松井橋の袂《たもと》まで送っていった。鉄五郎が気を利かせて、幸吉とおそめに命じたのだ。

「幸吉、あの二人は旅の空でどうしておるかの」

と別れの足を止めた武左衛門が言い出した。

「此の地　一たび別れを為《な》さば　孤蓬《こほう》　万里に征《ゆ》く」

「幸吉、その念仏ごときものはなんだ」

「この地にひとたび別れを告げれば、根が大地から離れた蓬《よもぎ》が風に吹かれてたった一つ、万里の彼方まで曠野《こうや》を彷徨《さすら》うってことだよ」

「ほうほう、漢詩か。佐々木どのとおこんさんは根なし草のように彷徨っておるか」

「手を揮《ふる》いて　茲《ここ》より去れば　蕭蕭《しょうしょう》として　班馬《はんば》鳴く」

「幸吉、なんだか知らぬが、えらいな」

「お客に教えてもらったんだよ。李白って唐人の別れの詩を教えてくれたんだが、前後を忘れちゃった」

「幸吉、李白先生の友は古里に戻ってきたのかな」

「それは知らないや。でもさ、佐々木磐音様とおこんさんなら必ずこの深川に戻ってくるぜ」

　と幸吉が言い、

「早苗さん、待ってるぜ」

と早苗に手を振って別れを告げた。

川沿いの河岸道《かしみち》を遠ざかる竹村親子の背を見送っていたおそめが、

「幸吉さん、私たち、もう子供じゃないのね」

「どうしたんだい、急に」

「幸吉さんが大人に見えたってこと」

　ふうん、と幸吉は鼻で返事をするとおそめの顔を見返した。

「おれもよ、最前宮戸川の前に迷った顔で立ち止まったおそめちゃんを見てよ、ぞくりとしたぜ。確かにおれたちはもう餓鬼《がき》なんかじゃない」

「幸吉さん、私がどうして六間堀にいるのか尋ねないの」

「おそめちゃんは、自ら望んだ奉公をしくじるような娘じゃない。そのおそめちゃんが暇を貰って家に戻っているんなら、きっといいことがあったからだ」

「幸吉さんだけだわ。あとの人はみんな、仕事をしくじって深川に戻されたのかって訊いたもの」

「やっぱり嬉しいことがあってのことだ」

「親方が、よう三年辛抱した、おっ母さんに顔を見せてこいって」

「やっぱりおそめちゃんはえらいや」

幸吉がおそめを見返した。

おそめは、

(私、大人になったの)

と胸の中で幸吉に告げていた。

三

徳川御三家の筆頭尾張《おわり》徳川家は公称六十二万石であったが、木曽の美林を有し、立藩以来の新田開発で実高百万石とみられていた。

慶長《けいちょう》十四年（一六〇九）以前、尾張の政治の中心は清須《きよす》にあったが、この年、家康の大号令により名古屋築城と町造りが始まった。

この新都建設の意図は、
一　清須に頻発する水害を避けての事
一　清須に縁が深い織田信長、豊臣秀吉色を払拭《ふっしょく》する事
にあったと思われる。

家康は新しい徳川の時代を全くの新開地に創り出そうとし、同時に西国大名の財力を使役に使うことで削《そ》ぐ狙いもあった。

新城を底辺にして逆三角形をなす城下町の建設である。

東西およそ一里半弱、南北一里半強。

広大な新城下は碁盤割《ごばんわり》で造られ、城を包み込むように上級の武家地が配され、その外側に下級武士団の組屋敷が設けられた。寺地は城の東と南の周辺部に設けられ、碁盤割の町人地の中央部にある会所地にいくつかの寺が配された。またすべての大寺院は城下の入口近くに設けられ、万が一の場合に備えて軍事的な機能を寺社に負わせていた。

この新開地には川はない。そこで熱田《あつた》から城下西辺に達する堀川運河が掘削された。

三角形の各頂点に主要街道の出入口を配し、町中の碁盤割に向かう街道に沿って町人地が形成された。

南は東海道の熱田口、東には美濃《みの》街道の枇杷島《びわじま》口と、もう一本信州から下ってくる大曽根《おおぞね》口。さらに北上して尾張の支城ともいえる犬山に向かう清水口、平針《ひらばり》から岡崎へ通じる岡崎口を加えて、

「五口」

と称された。

町人地の道は、中央で十字に交わる本町筋（南北）と伝馬町筋（東西）が四間に統一されていたが、万治《まんじ》三年（一六六〇）の大火でこの碁盤割が焼失し、本町筋五間、寺町筋五間、他は三間に改変された。

町屋は京間五十間の方形割で広く取られていた。

城と城下が完成した慶長十八年（一六一三）、

「思いがけない名古屋ができて花の清須は野となろう

城郭《しろ》のあとには畑に賤《しず》が家、むかしの剣《つるぎ》今の菜刀《ながたな》」

と臼引歌《うすひきうた》に歌われた、

「清須越《きよすごし》」

が挙行され、文字どおり、それまでの政治の中心の清須から武家屋敷、寺社、商人町、職人町が残らず引っ越して、清須はあっけなく野に戻った。

このように、名古屋は家康の強い意思が反映した人工の城下町であった。

名古屋の人口はおよそ十万人強と称され、江戸、京、大坂は別格にして、加賀百万石の金沢と肩を並べる都であった。

この名古屋に繁華な色彩を添えたのが七代藩主宗春《むねはる》である。

時は享保《きようほう》年間（一七一六〜三六）、将軍吉宗の緊縮節約財政に反して、遊里や芝居を奨励し、祭礼も派手に復活させて商業活動を活発にしたため、名古屋は空前の繁栄に沸いた。この政策は幕府の、吉宗の忌諱《きい》に触れ、宗春は蟄居《ちつきよ》させられた。ために名古屋の繁栄は、

「夢まぼろし」

と消えた。

名古屋が東海道の華として咲き誇った時代からおよそ五十年後の、安永《あんえい》八年（一七七九）夏、尾張の城下、札《ふだ》の辻近くの寺に主従四人が住み始めた。

佐々木姓から坂崎《さかざき》に戻った磐音とおこんの夫婦、弥助《やすけ》と霧子《きりこ》の四人である。むろん坂崎としてではなく、小田原藩町奉行和泉常信《いずみつねのぶ》が臣下清水平四郎《しみずへいしろう》、いねの夫婦に奉公人弥助と霧子の名でだ。

清須越が行われた慶長十八年、本町通と伝馬町筋の辻に伝馬会所が設けられた。さらに五十数年後に名古屋と江戸を結ぶ書状物品の定期輸送の飛脚会所が設置され、名古屋の中心の一つになった。

札の辻と呼ばれるのは、正保《しょうほう》元年（一六四四）に辻の東南角に高札場《こうさつば》がもうけられたためだ。これにちなんで札の辻と呼びならわされるようになった。

情報と物品が集散し、人馬が集まって常に賑《にぎ》わう札の辻近くの聞安寺《ぶんあんじ》の長屋を借り受けてきたのは弥助だった。

この長屋にはその昔、寺侍が住まっていたとか。長年無人だったところを庫裏《くり》に掛け合い、借り受けた。掃除をし、自炊の道具や夜具などを磐音と弥助と霧子が揃えて四人が住み始めたのは、名古屋入りして五日後のことだった。

清水主従の触れ込みは、お伊勢参りの道中名古屋見物に立ち寄ったというものだった。

寺の長屋に住み始めておよそ数日後、日々の暮らしが一応の落ち着きを取り戻した朝、弥助と霧子は町に買物に出た。

その後しばらくして、着流しに菅笠《すげがさ》を被《かぶ》った磐音はおこんを伴い、散歩に出ようとした。

弥助と霧子が雑用のあれこれをやってくれるので、二人はすることがない。そこでおこんの気分を変えようと散策に連れ出そうとしたのだ。

聞安寺の竹林がさわさわと鳴っていた。

竹は陰暦三月に秋を迎え、陰暦八月に新緑の季節を迎える。

磐音は、落葉した竹と同様、芽吹きを待つ忍従の時だと思った。

二人は名古屋城の外堀の緑を目指すと、那古野《なごや》神社と東照宮を参拝し、堀端の茶屋町筋を本町筋の辻へと上がった。

「磐音様、このようにのんびりしてよいのでしょうか」

「人生五十年と申すが、短いようで長い。このように無聊《ぶりよう》を託《かこ》つことがあっても、それはそれでよかろう」

「江戸の暮らしはいかにも慌《あわ》ただしいものでしたからね」

おこんが遠い昔を振り返るような眼差しで微笑んだ。

「江戸が懐《なつ》かしいか、おこん」

「いえ、そうではありません。磐音様と昼夜一緒に暮らすただ今を楽しんでいます」

おこんが強がりを言った。

「おこんの顔はなにかをしたくてうずうずしておるな。だが、ただ今のおこんの務めは」

「はい。元気なやや子を産むことにございます」

「いかにもさよう」

堀に沿って大きなお店が並んでいた。

「名古屋は奥が深いな。豪壮な店構えが軒を連ねているところは江戸以上じゃ」

「このような呉服屋は江戸でも数軒あるかどうか」

清須越の大商人が居を構えた一角で、その中でも別格のお店があった。看板には、

「尾州茶屋《びしゆうちやや》」

とある。

江戸でいう大店《おおだな》とはいささか雰囲気が違っていた。時が止まったように静寂と風格に満ち満ちていた。

「京の三長者は後藤、角倉《すみのくら》、中島ですが、尾州茶屋とは、中島様のご分家でしょうか」

おこんは江戸金融界の元締め、両替屋行司《ぎょうじ》今津屋の奥向きを預かってきた女衆だ。諸国の分限者《ぶげんしゃ》、豪商には精通していた。

茶屋家の本姓は中島氏であり、

「先祖は三河」

と伝えられていた。

三河から京に出た初代茶屋四郎次郎清延《きよのぶ》は、織豊時代から江戸初期に活躍し、中島家、茶屋家の基礎を築いた。この清延が徳川家康と深い親交を持ち、後で徳川の御用商人になったのには経緯がある。

明智光秀が主《あるじ》の織田信長を本能寺に奇襲した変を知った茶屋清延は、当時堺に滞在していた家康に早馬で異変を伝え、後年、

「神君伊賀越《しんくんいがごえ》」

と呼ばれる脱出劇を物心両面から支援して助けた。この縁がきっかけで茶屋家と徳川家は深い交わりを持つようになる。

茶屋家が莫大《ばくだい》な富を得たのは三代茶屋清次《きよつぐ》の時代である。清次は長崎代官補佐

役などを務めていたが、慶長十七年（一六一二）に朱印船貿易の特権を得て、越南《ベトナム》に船を出して巨万の富を得た。

尾州茶屋は、初代四郎次郎清延の三男新四郎長吉《しんしろうちょうきち》が家康の命で慶長十九年に創始した分家であった。

二人が尾州茶屋家のお店を覗き込んでいると、白髪《しらが》頭を小さな髷《まげ》にして眼鏡をかけた大番頭と思える人物が、

「なんぞ御用にございますか。気軽にお立ち寄りくださいまし」

と声をかけてきた。

「大番頭どの、われら、旅の者にござる。こちらが世に名高い尾州茶屋家のお店かと、つい覗き込んでしまいました。失礼の段、お許しくだされ」

と磐音が丁寧《ていねい》に非礼を詫《わ》びた。

「ならば旅の徒然《つれづれ》に尾州茶屋家の渋茶を飲んで行かれませ」

「客でもないのに接待をしてくれると言われるか」

「遠慮は要りませぬ」

大番頭の重ねての言葉に磐音は、

「いね、邪魔をいたそうか」

と用心深く偽名のいねでおこんに呼びかけた。

「ささっ、お内儀《ないぎ》様、こちらにおいでくださいまし」

と上がりかまちに誘《いざな》った大番頭が手代に茶を命じた。

磐音は広い間口の敷居前で菅笠の紐《ひも》を解《ほど》き、

「暫時《ざんじ》失礼をいたす」

と尾州茶屋家の店土間に入った。

広い三和土《たたき》がひんやりと二人を迎えた。

呉服屋ということは分かるが、広々とした店頭に客がいるふうでもなく、奉公人の数も少なかった。店先商いではないのだ。また静謐《せいひつ》な気配が保たれていることは、尾州茶屋家が並の商人《あきんど》ではないことを示していた。

「お言葉に甘えます」

上がりかまちに腰を下ろしたおこんを大番頭が眩しそうに見た。

「江戸のお方ですな」

「いえ、相州《そうしゅう》小田原藩大久保家に関《かか》わりのある者にございます」

「おや、私の見立てが違いましたか」

大番頭が鷹揚《おうよう》に笑い、

「失礼ながら、お内儀様ほどの美形は名古屋で探すのは大変なこと」

とおこんを褒めた。

「大番頭さんは口がお上手にございますね」

「お内儀様、うちがどのようなお店かお分かりでございますか」

「尾州茶屋家が呉服屋ということは分かりましたが、それ以上のことは」

おこんは慎重な返答をした。

田沼意次《おきつぐ》の刺客に追われる身だ。佐々木磐音あるいは坂崎磐音と女房のおこんの痕跡《こんせき》はできるだけ残したくなかった。

「うちは清須以来尾張家にお仕えしてきた家系にございましてな、清須越の後、この辻に店を構えて、尾張徳川様の御用を務めてきたのです。前の通りの茶屋町筋はうちの名から名づけられました」

「道理で、並の呉服屋とはいささか様子が違います」

尾州茶屋家は代々藩家の呉服の調達を務めると同時に、将軍家や諸大名への内使や接待饗応《きょうおう》も務めていた。そのことを、今津屋に奉公したおこんは承知していた。だが、そのことは秘すべきだと思って、当たり障《さわ》りのない返答を繰り返した。

「私はこの店の大番頭中島三郎清定《きよさだ》にございます」

中島三郎清定と名乗ったところから、茶屋家の血筋かと磐音は推量した。

「おお、挨拶《あいさつ》が遅れました。われら大久保家陪臣《ばいしん》清水平四郎、いねにござる。ただ今お伊勢参りの道中でございましてな」

女衆が奥から茶菓を運んできた。

おこんは江戸の大店の雰囲気と違い、まるで武家屋敷の接待のようだと感じ入った。

「こちらでは一見《いちげん》の者にかような接待をなされますか」

と磐音が訊いた。

「いえ、いくら名古屋とは申せ、それはございません。お見かけしたそちら様方がなんとのう気にかかったもので、声をかけてしまいました」

と大番頭が鷹揚に笑った。

「お内儀様、差し出がましいことをお尋ね申しますが、お腹《なか》にやや子を宿しておられますな」

「はい」

「その身でようお伊勢参りを決心なされました」

「私ども所帯を持ちまして七年になりますが、なかなか子宝に恵まれず、小田原城下のお伊勢様の末社に願掛けして、懐妊の暁には必ずやお伊勢様に詣《もう》でますと約束いたしました」

「それはまた律儀なことで。お二人ともに名古屋は初めてにございますか」

「それがしは御用の旅で何度か訪れましたが、夕べに着いて夜明け前には出立《しゅったつ》するばかりで、ご城下は存じませぬ」

「私は初めてにございます」

と磐音とおこんは口々に言い、

「お伊勢様を口実に名古屋見物にございます」

と磐音が大番頭に笑いかけた。

「なんでございましょうな。そちら様方を見ておりますと、ただのお武家様とも思えませんでな、ついお店まで招じたようなわけでございます。ご迷惑ではございませんか」

「大番頭どの、見物以外になすべきこともない夫婦。声をかけてもろうて嬉しゅうございました」

と磐音が応じたとき、店頭に乗り物が止まった。

三郎清定と名乗った大番頭が、

「おや、中部様《なかべ》か」

とどこか困惑したような声を洩らした。

乗り物の扉が開かれ、巨漢の武士が小者《こもの》の揃えた履物を履いてお店にせかせかと入ってきた。三十前後か。

「大番頭どの、われらはこれで」

と磐音がおこんに目で合図した。

「いえ、すぐに用事は終わりますでな」

と三郎清定が磐音に言い、

「中部様、本日はお日柄も宜《よろ》しゅうございますな」

「お日柄などどうでもよきこと。番頭、過日より申し出の一件、決着をつけてもらおう」

「すでにご本家鵜飼《うかい》様よりお預かりの品、ご返却申しました。それ以上のことは、うちでは聞き入れるつもりはございませんでな」

大番頭の返答はきっぱりしていた。

「鵜飼家先祖が神君家康様より下賜《かし》された陣羽織、茶屋にて手入れを命じたは、半年以上も前のことであったな」

「いかにもさようでございます。そして、お預かりいたしました陣羽織、仔細に点検いたしましたところ、鵜飼家に伝わる家康様所縁の陣羽織とはいささか違うた品にございました。そこでうちでは番頭、手代の二人連れで鵜飼本家までご返却に参りました。その折り、用人田尻《たじり》様にお受け取りの署名まで頂戴しております」

「茶屋から返却された陣羽織が掏《す》り替わっておるゆえ、それがしが預けた陣羽織を返却せよと、この前より幾度も催促しておる」

「お預かりした陣羽織は、返却したあの品にございます」

「番頭では話が通じぬ。本日は主に直談判《じかだんぱん》いたす」

「お店のことはすべてこの三郎清定に任されております。それがうちの決まりにございます、中部様」

大番頭は煙草《たばこ》盆を引き寄せ、煙管《きせる》を取り上げて煙草を吸う気配を見せた。

「大番頭、それがしが大人しゅう申しておるのが分からぬか。なんなら、この店にて無頼の者にひと踊りさせようか」

と中部某《なにがし》が居直り、磐音を見ると、

「そのほうら、怪我《けが》をせぬうちに早々に立ち去れ」

と傲慢《ごうまん》な口調で命じた。

磐音は未だ手をつけていなかった茶碗《ちゃわん》に手を伸ばし、両手で抱えると静かに一服した。

「大番頭どの、熱い日には茶がなによりでございますな」

と磐音が三郎清定に微笑みかけ、

「いね、そなたも頂戴してみよ」

とおこんに言った。

「頂戴いたします」

おこんが見事な所作で茶碗を保持すると、

「新茶にございますね。いい香りですこと」

おこんもまたにっこりと三郎清定に笑いかけた。

「初摘み茶にございますよ」

磐音ら三人の会話は、その場に中部がいないように続けられた。

「おのれ、虚仮《こけ》にしおって」

と中部が喚くと、

「これ、大河内《おおこうち》、尾州茶屋がいささか退屈しているそうな。そなたら、ひと踊りいたせ」

表に命じると、尾張家の家臣とも思えぬ派手な身形《みなり》の武芸者五人が、最前まで静謐を保っていた三和土に雪崩《なだ》れ込んできた。手にした木刀は、なんと黒と白のだんだら模様やら朱色に塗られていた。

「そのほう、今からでも遅くない、立ち去れ。自慢の内儀が怪我をしても知らぬぞ」

中部某がおこんを見下しながら磐音に命じた。

「事のついでに、名古屋名物の迷惑踊りを見物いたそうか。のう、いね」

「いかにもさようでございます、平四郎様」

中部が腰間の一剣を抜くと、

「言うたな、後で泣き面を曝すことになるぞ。一寸でも動いてみよ、尾張柳生新陰《かげ》流の中部相右衛門《そうえもんき》が斬り捨てる」

と睨み据えるのへ、

「好きにされるがよい」

と磐音が答えた。

四

「尾州茶屋家では中部道場名物の木刀踊りを所望じゃぞ。存分に踊ってみせよ」

と中部相右衛門が五人に命じると白刃を立てた。すると幾色にも塗り分けられた木刀を両手に翳《かざ》した五人が虚空で打ち合わせると、かんかーんと乾いた音を響かせ、

「そうれ、それそれ」

と乱舞に移った。

広い三和土を使って五本の木刀が目まぐるしく打ち振られた。

だが、板の間のあちらこちらで品揃えや帳簿付けをする手代らは、泰然と座したまま自らの仕事に専念していた。

大番頭の三郎清定も煙管を手に、木刀踊りを黙然と見物していた。

木刀の切っ先の一本が流れて、磐音の顔の前をかすめたが、こちらも平然としたものだ。

「まだ踊りに満足しておられぬぞ」

中部相右衛門が叫ぶと、五人の者が片手に木刀を移し替え、右手で剣を抜いた。五人は木刀と白刃の乱舞に移った。さしもの広い尾州茶屋の三和土も、動き回る五人が振り回す白刃と木刀に制圧されているように思えた。白刃と白刃がぶつかり、

ちゃりん

と音を立てて火花を散らした。その勢いでひょろりとした一人がよろけて木刀が流れ、三和土の隅に置かれた大甕《おおがめ》を叩き、大甕が割れて水が三和土に流れ出て、活けられた夏椿《なつつばき》の花が無残に散った。

「まだまだ踊りの輪が小さいな」

中部の言葉に五人のうちの一人が、

ひょい

と三郎清定が座す板の間の膝《ひざ》の前に飛び上がった。むろん土足のままだ。すると三郎清定の煙管が、

ちょん

と振られて強《した》たかに不作法者の脛《すね》を叩いた。

飛び上がった途端に脛を煙管の雁首《がんくび》で叩かれた相手が、

「あ、いたた」

と思わず洩らすと、上がりかまちから三和土に尻餅《しりもち》をつくように転がり落ちた。その手から飛んだ黒白のだんだら模様の木刀が磐音のもとに飛んできて、磐音がひょいと摑《つか》んだ。

「やりおったな、許せぬ」

中部相右衛門が叫び、脛を叩かれた一人が必死で起き上がると両手に大刀を摑み、三郎清定に斬りかかろうとした。

その腰を磐音が木刀の先でひょいと突いた。腰砕けの相手がまた三和土に転がった。

「おのれ、客まで増長させおったか」

中部が間合いを取って両手に抜き身を構えた。

踊りの輪が動きを止めた。

「大番頭どの、いささか名古屋名物の木刀踊りに興味が湧きました。それがしも加わらせてもらいます」

と磐音が言うと、

「ほうほう」

と笑みを浮かべて三郎清定が応じた。

「旅の恥は掻《か》き捨てと申します。暫時お目を汚します」

磐音は断ると、上がりかまちから立ち上がった。

「おまえ様、踊りにその形《なり》では」

おこんが薄紅色のしごき紐を抜くと磐音に渡した。

「おお、よいところに気付いたな」

木刀をかたわらに置いた磐音が手早く一幅《ひとはば》の布で襷《たすき》がけにした。

「これでどうじゃな」

「お似合いでございます」

大きく頷いた磐音が改めておこんから木刀を受け取った。

「おや、踊りはおやめですか」

磐音が困惑の表情で中部らを見た。

「おのれ、言わせておけば」

再び立ち上がった一人が加わり、中部相右衛門と五人の武芸者が襷がけの磐音と対決した。

磐音が右手一本に派手な木刀を構えた。

「手心を加えるでない。存分に叩きのめせ」

中部の激昂《げっこう》した声に、四本の木刀と一振りの真剣が一斉に磐音に襲いかかった。

連携した五人の動きは一見無駄がないように思えた。

だが、直心影《じきしんかげ》流尚武館佐々木道場で猛稽古《もうげいこ》を重ねてきた磐音の目には、衆を頼んだ隙《すき》があった。

片手に構えた木刀の磐音も踏み込んだ。

三郎清定は次の瞬間、かんかんかーんと乾いた三連の音を聞き、磐音の木刀に弾《はじ》かれた木刀がそれぞれの手から飛んで三和土に転がったのを見た。

「おうおう、お客人、腰が入った踊りです」

三郎清定が嘆声を洩らし、浅黒い顔に青筋を立てた中部が、

「そのほうら、ただ飯を食うてばかりで腰なえになりおったか」

と怒声を発した。

木刀を飛ばされた三人が必死で刀を抜こうとしたが、手が痺《しび》れて柄《つか》が握れなかった。

残った仲間の一人と最前二度三和土に転がった一人の合わせて二人が磐音に斬りかかったが、片手の木刀に脇腹《わきばら》を打たれ、胸を突かれて一瞬の裡《うち》に転がった。

「中部相右衛門どのと申されたか。名古屋木刀踊り、存分に堪能いたした。引き上げなされ」

磬音は中部の乗り物の両脇から野次馬が覗き込む表にちらりと目をやって、木刀を足元に捨てた。

中部の配下の五人は、なにが起きたのか理解がつかぬふうで茫然《ぼうぜん》と佇《たたず》み、声を失っていた。

「死ね！」

磬音が素手となったのを見た中部が磬音に斬りかかってきた。

次の瞬間、磬音の腰が沈み、中部の刃を掻い潜って横手に滑るように流れ、前帯に差した白扇《はくせん》を抜くと同時に首筋を突いていた。

「うっ」

という呻《うめ》き声を口から洩らした中部が両足を大きく広げたまま宙を舞い、
どさり
と三和土に落ちて悶絶《もんぜつ》した。

「陸尺《ろくしゃく》どの。主どのを乗り物にお乗せくだされ」

磬音が何事もなかったように言うと、様子を見ていた中部の家来や陸尺が慌てて主の大きな体を抱え、乗り物に押し込んだ。

磐音は帯に白扇を戻すと襷にしたしごき紐を解き、短く畳んでおこんに戻した。

「ど、道場に急ぎ戻るのじゃあ」

表に控えていた中部家の用人らしき年寄りが命じ、乗り物が慌ただしく尾州茶屋の店前から姿を消した。

「お客人に汗をかかせましたな」

と三郎清定も落ち着いた声音で磐音に言い、

「大番頭どの、つい調子に乗り申した」

と磐音が詫びた。

「なんのなんの、いささか格が違いすぎましたな。あれでは木刀踊りにもなりますまい」

奉公人らが奥から姿を見せ、割れた大甕と夏椿や水の始末を始めていた。実に無駄がなく寡黙だった。

磐音は上がりかまちに腰を落ち着けると、

「尾張様のご家中の方にございますか」

「清水様、あのお方は家中御番組頭鵜飼左膳《さぜん》様の次男坊にございましてな、御深《おふ》井《け》堀端筋違《すじかい》橋近くで新陰流の町道場を営まれる中部家に婿入りなされたお方です。ためにご家中ではございませんが、いつまでも本家鵜飼家の名を出して、名古屋じゅうの商人に嫌がらせをしては、金子《きんす》を稼いでおられるのでございますよ」

「偽物の家康様拝領の陣羽織がこちらに持ち込まれたようですね」

「本家鵜飼様の手前、お預かりいたしましたが、すぐにまがいものと分かりましたので、本家にお返しいたしました。正直、本家でも中部相右衛門様の所業には困り果てておられるのでございますよ」

「中部道場の流儀は尾張柳生新陰流にございますか」

「中部道場の先々代がなかなかの名人にございまして、尾張ご流儀を名乗って町道場を営まれることを許されたのです。先代までは門弟雲集二百人と豪語するほど流行りましたが、相右衛門様になられてから、ご家中の方はほとんど稽古に行かれませせぬ」

「またどうして」

「中部家に婿入りなされたときは、藩道場の麒麟児《きりんじ》と呼ばれたほどの遣い手でしたが、婿入りして茶屋酒を覚えてからは、ただ今ご覧になった体《てい》たらく。あれではご家中の方々も稽古に通えませぬし、入門なさる方もおりません。あのような無頼者を集めて城下のお店に嫌がらせをするのが、日課でございますよ」

と三郎清定が苦々しげに言った。

「それにしても清水平四郎様はお強うございますな」

「当世、剣術などなんの役にも立ちませぬ。中部相右衛門どのが間違うた道を歩まれる気持ちも分からぬではござらぬ」

「とは申せ、清水様にあのような所業ができますか」

「不器用者ゆえ無理にござろう」

と磐音が笑い、

「いね、そろそろお暇《いとま》いたそうか」

とおこんに言いかけた。

「はい。これからどちらに参られますか」

「われら、未だ名古屋にありて御城端を見物しておらぬ。どうじゃ、ゆるりと御堀端を一周してみぬか」

「どれほどの距離がございましょうか」

おこんがそのことを気にした。

「御城をぐるりと回っておよそ一里、一刻《いっとき》（二時間）もあれば歩けましょう」

おこんの問いに応えた三郎清定が、手代の一人を呼んで何事か耳打ちした。手代は頷くと、大番頭の命を受けて奥に消えた。

「しばらくお待ちくださいませ」

と磐音とおこんに願った三郎清定が、

「お内儀様はただ今が一番気にかけねばならぬ時期かと存じます。うちの駕籠《かご》を同道させますので、お疲れになったら駕籠にお乗りください」

「大番頭どの、われら、東海道を二本の足で上ってきたものにござる。いねも歩くことには慣れております」

「清水様、年寄りの言うこと、素直にお聞き入れください。うちには駕籠が何挺《ちょう》か常備してございましてな、ぐるりと回ってまたこちらにお顔をお出しになればよいことです」

「われら、こちら様の客ではござらぬ。恐縮至極にござる」

「なんの、先ほど清水様には鮮やかなお手並みを拝見させてもらい、溜飲が一気に下がりました。その見物料と申せば失礼ながら、駕籠なんぞ安いものです」

と三郎清定が言うところに、表に権門《けんもん》駕籠に似た駕籠が姿を見せた。

「手代さん、清水様が見物なさりたいところへ、従いなされ」

どうやら尾州茶屋の駕籠かきは手代と呼ばれるらしく、二人とも中島家の家紋が入った長法被《ながはっぴ》の裾を絡《から》げていた。

「おまえ様」

おこんが困惑の体で磐音を見た。

「尾州茶屋どのに迷惑をかけるが、かような経験はそうあるものではあるまい。いね、有難くお言葉に甘えようか」

磐音は肚《はら》を固めておこんに言った。

「それがようございますよ。この陽射しの最中、お腹にやや子を宿したお内儀様を一里も歩かせるものではございませんでな」

と大番頭も安堵したように言い、

「清水様、名古屋ではどちらにご滞在にございますな」

「聞安寺のお長屋を借りて住んでおります」

「それはなによりのところにご滞在でございますな。旅籠《はたご》の飯は何日もいると飽きますでな。今、お内儀様は大事な時期、滋養のあるものを召しあがることが肝要でございます」

三郎清定がおこんの体を気にした。

「大番頭どの、お駕籠をお借り申す」

磐音は三郎清定に改めて礼を述べ、おこんを辻駕籠よりも大きな乗り物に乗せると、尾州茶屋の店先から東廻りに名古屋城見物に出ていった。

「玉吉《たまきち》」

と三郎清定が手代の一人を呼んだ。こちらの手代は駕籠の担ぎ手ではない。尾張家御用達の呉服商の手代だ。

「大番頭様、ご用はなんでございますか」

「女衆を一人連れて聞安寺に行き、清水様方がなにかお困りではないか、様子を窺《うかが》い、足りないものがあれば、酒・味噌《みそ》・米・油なんでも買い求めて、お届けなされ」

「畏《かしこ》まりました」

と若い手代が承《うけたまわ》った後、

「大番頭様、なんぞ他にご用命はございましょうか」

と念を押した。

分家尾州茶屋家はただの呉服問屋ではない。将軍、朝廷、幕府老中、大名諸家の接待饗応など内務を務める家柄である。

徳川幕府と深い縁を保ち、幕閣、大名諸家と交わりを持つということは、尾州茶屋家に高度な機密情報が集まるということだ。ゆえに分家茶屋家は、「細作《さいさく》」の機能を務めていた。細作とは間諜のことだ。

手代が他にご用命はと言ったのは、影御用があるかどうか尋ねたのだ。

大番頭三郎清定はしばし沈思した。

「あのお武家様、大久保家の陪臣なんぞではあるまい。お内儀も出は町人と見た」

「当家になんぞ企《たくら》みを持って近付いたと言われますか」

「そのようには見えませぬな。亭主は鷹揚にしておっとり、内儀はしっかり者、どこといって邪《よこしま》な考えがあるとも思えぬ。そこが気になったまでです」

「大番頭様、あのお二人がお戻りになるまでに身許《みもと》を調べます」

と請《う》け合った手代の玉吉が台所に向かい、若い女衆のおさいを伴い、尾州茶屋家の裏口から消えた。

尾州茶屋家の手代はただの駕籠かきではなかった。名古屋に滞在する幕府高官、大名諸家の用人などを案内するために名古屋のことに精通していた。

磐音とおこんは、手代の一人から懇切丁寧な説明を受けながら、上級家臣団の住む御郭内《おくるわ》を鉤《かぎ》の手に見物して廻り、名古屋城を挟《はさ》んで尾州茶屋の反対側の北側に出た。

名古屋城は、本丸、二ノ丸、西ノ丸、御深井丸、三ノ丸の五郭から成り、本丸は城郭の真ん中北寄りに位置して、天守閣、小天守、御殿、西南隅櫓《すみやぐら》を従えていた。

磐音とおこんは、御堀越しに二ノ丸から本丸を眺め上げた。

薫風吹き渡る皐月《さつき》だ。なんとも爽《さわ》やかだった。

おこんは駕籠に乗り、お城の外周を半分ほど廻ったところで手代に願い、徒歩で見物することにしたのだ。手代は空《から》駕籠を担いで二人に従ってきた。

「江戸を出て、これほど心が平静なことはございません」

「そなたもそうか。それがしもなぜかそう感じる」

磐音はなぜ尾張名古屋に逗留《とうりゅう》することを望んだか、自らの気持ちを推量した。

そして一つの答えを導き出していたが、おこんには告げなかった。

「あれが有名な金の鯱《しゃちほこ》にございますか」

おこんが指差したのは、清須櫓越しに金の鯱が夏の陽光に輝く天守閣の大屋根だった。

城郭の大棟に鯱を掲げる城造りは室町時代前期に始まった。鯱《しゃち》は鯨目に属するイルカ科の哺乳類で、古くは逆叉《さかまた》と呼ばれたそうな。その逆叉が大建築の屋根を飾ったのは、鯱が鯨同様に水を噴くので火を防ぐ呪《まじな》いとしたからだ。

名古屋城の対の鯱は雄雌で大小に差があった。

雄は全長八尺五寸、雌は八尺三寸、鱗《うろこ》の数は雄百九十四枚、雌二百三十六枚、金量は慶長大判で千九百四十枚、小判で一万七千九百七十五両分も使用されていた。

その金の鯱が夏の陽射しにきらめいていた。

「遠くから見たことはあったが、御堀越しの天守はなかなかの威容じゃな」

おこんの興味はすでに金の鯱から水面《みなも》に移っていた。

「あれ、御堀に水鳥が戯れております」

御深井堀の石垣下で水鳥の親子が長閑《のどか》に遊泳していた。

ふと後ろを振り向いて駕籠を見たおこんが、

「このような親切をお受けしてよかったのでしょうか」

と磐音に訊いた。

「尾州茶屋の大番頭どのは、われらのことを気にかけられた様子じゃ」

「気にかけられたとはまたどういうことですか」

「尾州茶屋家のお店の佇まいをどう感じたな、おこん」

「江戸の大店とはまるっきり違います。まるでお武家様の御用部屋のような感じがいたしました」

「分家とは申せ、初代の新四郎長吉様は家康様直々の命で分家を創家なさっておられる。ただの商人ではない」

「と言われますと」

「尾張様の御用達であるとともに、大名諸家の内情を探る細作を務めておられると聞いたことがある。もしそうであるならば、われらは不用心にもご分家尾州茶屋家に近付いたやもしれぬ」

磐音は最前自らの胸中に浮かんだ考えを否定するように言った。

「尾張徳川様は田沼意次様と密接な関わりがございますか」

「いや、それは聞いたことがない。田沼様の実父は、紀伊《きい》の吉宗様の家来で、吉宗様が八代将軍に就かれたのを機に出世なさったお方。この紀伊閥を田沼意次様は最大限に利用なされてきた。ということは、御三家筆頭の尾張は田沼様の専横を冷ややかな目で見ておられると思う。じゃが、何分推量にしかすぎぬ」

磐音の心に浮かんだのはこのことだ。八代将軍吉宗の後、江戸城は紀伊藩出身の官僚で表、中奥、大奥までもが専断されてきた。その代表的な人物が老中田沼意次だった。

八代将軍就位を巡っては、紀伊藩の吉宗と尾張の継友《つぐとも》が鎬《しのぎ》を削るような争いの後、吉宗が勝ちを得た。以来、江戸城中は紀伊閥で固められてきた。御三家筆頭の尾張の悔しさは今も続いていた。

磐音は田沼意次に対抗するため、無意識に尾張名古屋へ接近しようとしたのではないかと、自らの臆病《おくびょう》を呪《のろ》った。

「どうしたものでしょう」

「しばらく様子を見るしかあるまい」

と思いながら、磐音はきらきらと夏の光を受けた御深井堀から天守閣を見上げた。そして、もう一つの懸念を思い出した。

四人の旅がいつまで続くか分からなかった。

磐音とおこんは、八十余両の路銀を用意してきたが、田沼一派の刺客雹田平《ひょうでんぺい》との戦いにすでに半金ほどを費消していた。早晩、手持ちの金子がなくなるのは目に見えていた。

(なんぞ稼ぎ口を得ずばなるまい)

名古屋城下にどれほど滞在できるか、尾張家と老中田沼意次の関わりが大きく左右してくるだろうと磐音は考えていた。

第二章　尾州茶屋家

一

　ちょうど同じ刻限、尾州茶屋の店先では手代の玉吉が、大番頭三郎清定の前に座して、報告を始めたところだった。

「大番頭様、清水平四郎様は、お内儀のいね様と二人だけの聞安寺長屋滞在ではございません。お連れ様が二人おられます」

「なに、四人旅ですとな」

「二人とも清水様夫婦の従者で、弥助と呼ばれる壮年の男衆《おとこし》に霧子といわれる若い女衆《おんなし》にございますそうな。主《あるじ》夫婦に忠実に仕える様子ですが、ただの男衆、女衆ではないようです」

「きびきびとした挙動と油断のない眼差しには曰《いわ》くがありそうだと、納所《なっしょ》坊主の壱念《いちねん》さんが言われました」

「曰くとな」

「聞安寺では、四人を仇討《あだう》ちの旅ではないかと推量されておられます」

「仇討ちの主従ですか」

三郎清定は首を捻《ひね》るとしばし沈思した。

「もう一つ、壱念さんが言われるには、小田原藩大久保家の陪臣清水平四郎様の道中手形を確かに持参しておられるが、あの四人、江戸屋敷住まいの身ではないかと、身形《みなり》や訛りなどから察しておられます」

と報告すると、さらに語を継いだ。

「清水様の日課は、八つ半（午前三時）時分に起きて本堂に参拝し、剣術の独り稽古《げいこ》を一刻（二時間）から一刻半（三時間）ほど続けられるそうな。その後、寺僧らの庭掃除に加わって働かれ、時に墓地の草むしりまで精出されるそうです。稽古を終えた主従四人で膳《ぜん》を長屋では弥助さんと霧子さんが朝餉《あさげ》の仕度をして、稽古を終えた主従四人で膳を前にされるそうです。その後、清水様は書き物などで時を過ごし、お内儀様はやや子の産着や襁褓《むつき》づくりをなさっておられます。弥助さんと霧子さんは城下にお出になられますが、ご夫婦は名古屋入りして初めての外出が本日であったようです。寺でも仲睦《なかむつ》まじいご夫婦と評判でして、いね様があのような美貌《びぼう》ゆえ、生まれてくるやや子はさぞ愛らしかろうと、壱念さんなどは楽しみにしている様子でございます」

「聞安寺では清水様方を訝しく思うてはおられぬのですな」

「仇討ち旅ならばなんとか本懐を遂げさせたいものと、坊さんらしからぬことまで口になさっておられました」

「長屋の賃料は十日払いかな」

「いえ、部屋数三間に台所の長屋の賃料を半年分、前払いなされたそうな」

「いかにも、お二人の様子を見ていると金に窮しておられるとは思えぬが」

「大番頭様、小田原からも江戸からも書状など一通たりとも届くふうもなく、また清水様方もそれを気にかけている様子はないそうです。最後に壱念さんは、手配書きが廻るような人物ではないが、寺を訪れる者を弥助さんと霧子さんが気にかけているのは確かと言うておられました。そんなわけで仇討ちではなく、追われる旅ではないかと匂《にお》わされました」

聞安寺側では、仇討ち旅か追っ手に追われる旅ではないかと推測していた。

「はて」

「大番頭様、気にかかりますか」

「うちを訪ねられたのが偶然か、それとも意図があってのことか」

「名古屋にはそう詳しくない様子だと壱念さんは推測しておられました」

と答えた玉吉が、

「おさいさんに命じて酒・味噌・醬油《しょうゆ》、魚に野菜など、家《うち》の出入りのお店から届けさせるよう手配いたしました」

「ご苦労でした」

と大番頭が手代を労《ねぎら》ったとき、噂《うわさ》の夫婦が戻ってきて、その後ろから空駕籠が付いてきた。

おこんの額にはうっすらと汗が浮かんでいた。

「お疲れにはなりませんでしたかな」

「お駕籠を従えての散策など、生涯初めてのことにございます。よい経験をさせていただきました、大番頭様」

おこんが丁重に礼を述べた。

立ち居振る舞いは気持ちの余裕を感じさせ、堂々としていた。だが三郎清定は、商家の生まれの娘で武家屋敷に見習い奉公に出て躾《しつけ》や言葉遣いを覚えたのではないかと推測した。

三郎清定の目が亭主に向けられた。

「大番頭どの、思いがけず名古屋城を見物させてもらいました。さすがは御三家尾張様にございますな。本丸天守閣、二ノ丸、三ノ丸、御深井丸、御堀、御郭内と外から見物して参りましたが、その威勢十分に推察することができました」

「江戸と比べていかがですな、清水様」

「武家屋敷の佇まいなど、江戸と比べても遜色がござらぬ。ただし人の数は江戸が多うございます」

「清水様は江戸住まいの経験がございますので」

「勤番にて増上寺《ぞうじょうじ》門前の上屋敷に三年ばかり住もうておりました。暇に飽かせて江戸じゅうを歩き廻った口です」

勤番侍は懐《ふところ》に金の余裕はないが時間だけはたっぷりと持っていた。まして清水が大久保家の陪臣とあれば、時間に余裕があったことだけは確かだろう。だが、この人物、陪臣などではない。人を見るのが仕事の三郎清定は、一角《ひとかど》の武家の血筋と判断した。

「冷たい茶など召しあがりませぬか」

「一日に二度も店先を邪魔してもなりますまい。われら、これにて失礼いたします」

「清水様、そう仰《おつしや》いますな。うちは店先商いではございませんでな、ご藩主の御用命など、ご重役の屋敷に伺い、商いするのが習わしです。大番頭の私は暇を持て余しておりますでな、お付き合いいただけましょうか」

と三郎清定は手代に改めて茶菓を命じた。

磐音とおこんは再び、ひんやりとした三和土の上がりかまちに腰を落ち着けた。

「かようにお店先に腰を下ろしておりますと、なにやら懐かしい気持ちが湧いて参ります。はてどうしてでしょうか」

とおこんが呟き、

「いね、そなたは商家に奉公しておったゆえ、その折りの思い出が蘇《よみがえ》ったのであろう」

「いかにもそうかもしれません」

微笑みを浮かべた夫婦が長閑に会話した。

三郎清定は、

(おや、お店《たな》奉公とな)

と自らの推量が外れたかと思いながら、

「清水様、名古屋逗留でなんぞお困りのことはございませんか」

と三郎清定が磐音に訊《なま》いた。

「旅をしていると体が鈍りります。稽古をさせてもらう剣道場があればとは思うております」

「まさか道場破りをなさろうというお積もりではございますまいな」

「大番頭どの、さような元気はございませぬ。ただ汗をかかせていただく場と稽古相手があればと思うたまでです」

「道場破りは冗談にございますよ。なにしろ清水様の腕前は並ではございませんでな」

と笑った三郎清定が、

「明日にも、私が昵懇の道場に案内《あない》いたします。いえ、中部道場のような、怪しげな道場ではございません。ご安心ください。それとも迷惑ですかな」

「迷惑など、とんでもない。されど尾州茶屋家の大番頭どのの手を煩《わずら》わすまでもございませぬ。どこぞに行けと命じられれば、それがし、道場を訪ねてお願い申します」

「大番頭は暇を持て余す役目と言いませんでしたかな。時にお店を離れとうなります。明朝六つ半（午前七時）の刻限、こちらにおいでくださりませ」

「お力をお借り申す」

と磐音が願って明日の予定ができた。

磐音とおこんが聞安寺の長屋に戻ると、弥助と霧子が、縁側に置かれた酒樽《さかだる》に味噌樽に米、醬油、鰹《かつお》一尾に夏野菜の茄子《なす》、胡瓜《きゆうり》、隠元、蓮《はす》などを茫然と見ていた。

「その品々、どうしたな」

「近くの酒屋などが次々に届けて参りました」

「注文したにしてはいささか量が多いようじゃが」

「いえ、私どもではございません。尾州茶屋家からの届けものにございます。若先生、心当たりがございますか」

と弥助が訊いた。

「心当たりがないこともない」

磐音とおこんが顔を見合わせた。

磐音は尾州茶屋家での経緯《いきさつ》を弥助と霧子に語った。

「なんと尾州茶屋家からでしたか」

「手回しのよいことにございますね」

「尾州茶屋家は徳川様と深い関わりがある家柄にございます。大番頭さんが、若先生に関心を抱かれた様子ですね」

「徳川家御用達商人と同時に、大名諸家などの接待饗応を務めてきた家系、ために細作《さいさく》を務めているとの噂もある」

「わっしもそのことを気にしていたところです。はて、どうしたものか」

幕府密偵でもある弥助が首を傾《かし》げた。

「おこん様、この頂戴もの、どうすればよいでしょうか」

と霧子はそのことを気にした。

「磐音様、いただいてようございますか」

「おこん、返すのも礼を欠こう。礼は明日述べるとして、今宵《こよい》の夕餉《ゆうげ》に頂戴いたそうか」

「ならば、わっしが鰹を捌きます」

「師匠、魚と野菜は井戸端に運びます」

霧子が竹笊に載せられた鰹と野菜を井戸端に運んでいこうとした。

「霧子さん、着替えを済ませたら私も手伝います」

おこんが早々に座敷に上がった。

縁側に男二人が残された。

「若先生、わっしの勘だが、尾張に草鞋《わらじ》を脱いだのは瑞兆《ずいちょう》と思えるのですがね」

「田沼様は紀伊家と所縁《ゆかり》が深い。そのことを言うておられるか」

「へえ。この名古屋は五十年も前、七代藩主に宗春様が就かれた折り、吉宗様の緊縮財政の政策に反して、名古屋に遊里や芝居小屋を新たに設けて公認とし、東照宮の祭礼も賑々《にぎにぎ》しく復活させましたな。この景気向上策があたり、名古屋に諸国から商人が集まり、物品が入り込んできて、空前の繁栄を誇ったことがありました」

「大繁盛は幕府の、いや、紀伊の出の吉宗様の忌諱に触れ、宗春様は蟄居させられ、東海道一を誇った名古屋の栄華も一場の夢と散ってしもうた」

「若先生、この名古屋では今も、江戸幕府を意のままにする紀伊閥、いや、それを後ろ盾《だて》にした田沼意次様の専横を快く思うてはおりませぬ。これはただ今の藩主から下々まで共に通ずる感情にございますよ」

「それがし、尾張を頼ろうとしたのであろうか」

磐音は自問するように洩らした。

「これもなにかの縁にございます」

「それがし、田沼様の刺客を躱《かわ》すために尾張の羽の下に隠れることは避けたいと思うておる。われらが境遇、あくまで田沼意次様との因縁に留《とど》めたい」

「留められますかな」

と弥助が酒樽を見た。

「ここは今少し名古屋の様子を見て、こちらの動きを決めてもようございましょう」

「弥助どの、できることなら、お産は名古屋で済ませたいものじゃ」

磐音はおこんの身を思った。

「おこん様のお腹は日一日と大きくなりますので、旅は段々難しくなります」

と応じた弥助が、魚を捌いて参りますと井戸端に消えた。

おこんの声が井戸端から響いてきて、三人で夕餉の仕度を始めたようだった。

磐音は縁側から座敷に上がると普段着に着替え、蚊遣《かや》りを点《とも》した。

夕風が長屋の庭に吹き込んできた。

庭から弥助が戻ってきた。

「おこん様に、磐音様のお相手をしてくださいと井戸端から追い返されました」

と苦笑いした弥助の手に五合徳利と大ぶりの猪口《ちょこ》が二つあった。

「霧子と地酒を買っておいたんですが、冷やして飲むと美味《うま》いと聞いたので井戸水に浸《つ》けておきました」

「冷酒ですか。あまり賞味したことはないが」

弥助が猪口二つに冷酒を注《つ》いだ。

「頂戴しよう」

磐音が手に猪口を摑むと猪口も冷やされていたようで、掌《てのひら》がひんやりとして涼を感じた。口に含むと舌の上にも小さな涼が広がった。

きりりとした風味で喉越《のどご》しも爽やかで申し分ない。

「弥助どの、これはよい」

どれどれ、と弥助も口に含み、にっこりと頷いた。そこへおこんが盆に菜を載せてきた。

「弥助さんと霧子さんが豆腐を購《あがの》うておられました。まず名古屋の豆腐で味わってください」

井戸水を張った器に豆腐が涼しげに浮かんでいた。

「尾張の夏はどのようでございましょうね」

二人の前に菜を置いたおこんが話しかけた。

「江戸とそう変わりはないと思うが、そなたは腹に子を宿しているゆえ応えよう。なんとしても夏を乗り切らねば」

「私なら大丈夫です」

と応じたおこんが、

「磐音様、明日の道場の居心地が宜しいとよいですね」

尾州茶屋家の大番頭三郎清定が案内するという道場のことを気にした。

「おお、稽古ができる道場が見付かりましたか」

「いや、尾州茶屋家の大番頭どの自ら案内してくださるそうな。尾張は、流祖柳生兵庫助利厳《ひょうごのすけとしとし》様以来の尾張新陰流の古里、おそらくは新陰流の道場とは思うが、楽しみではある」

磐音は残った猪口の酒をゆっくりと口に含んだ。

「おこん様、明日にも新しき知人が若先生に生じますぞ。磐音様の剣は、敵を排斥する剣に非ず、友を呼ぶ剣技にございますでな」

と弥助が笑った。

「そうなれば宜しいのですが」

おこんは眉《まゆ》を曇らせた。

「おこん、なんぞ心配か」

「いえ、磐音様の剣は天下の剣にございますので、どなた様かが関心を持たれはせぬかと」

「おこん、天下の剣とは、いくら女房でも持ち上げすぎじゃ。それがし、清水平四郎として汗を流しに参るだけだ。案ずるな」

「案じてはいませんが」

「やはり心配か」

「なれどこの長屋に鬱々《うつうつ》として過ごされるのは磐音様には無理なこと。剣が剣のみにて終われば宜しいのですが」

「おこん、そのように努力いたす」

「はて、どうでしょう」

小首を傾げたおこんの耳に、霧子が井戸端から台所に戻った気配があった。

「霧子さんを手伝って参ります」

おこんが台所に行き、縁側は再び男だけになった。

「若先生、この数日、城下のあちらこちらを歩き回りましたが、雹田平の影はございません。おそらく刈谷《かりや》城下 称 名寺《しょうみょうじ》の戦いに敗《やぶ》れた雹は、立て直すのに今しばらく時を要するものと思います」

「次なるときは、決死の覚悟で襲い来るはず」

「どのような相手であれ、斃《たお》すのみ」

と弥助の答えははっきりとしていた。

「若先生、老中松平武元《たけちか》様のお加減が殊《こと》の外《ほか》、悪いそうにございます」

松平右近将監《うこんのじょう》武元は、上野館林《こうずけたてばやし》藩六万一千石の譜代《ふだい》大名、老中職は延享《えんきょう》四年（一七四七）から三十二年の古兵であった。

幕府においては何事も先任の発言権は強い。さすがの田沼意次も、先任老中松平武元に対してはいささか遠慮があった。

その松平武元が病に臥《ふ》しているという。

「いよいよ田沼様が幕閣を完全に掌握する時が近づいております」

と弥助が言い足した。

磐音は幕閣の動静より、弥助が未だ江戸との連絡《つなぎ》を保っていることを心強く感ずると同時に、江戸から逃れられぬ運命を思った。

「遅くなりました。夕餉にございます」

おこんの声がして、霧子と二人で膳を運んできた。弥助も手伝いに立ち、磐音は蚊遣りを夕餉の席へと移した。

主従四人が楽しげに膳を囲み、談笑する様子を、墓地の陰から尾州茶屋家の手代玉吉が不思議そうに眺めていた。

「夕餉の膳を主と供が一緒に食しておるぞ。なんとも不思議な四人だな」

と呟く声が流れた。

二

翌朝、磐音は再び茶屋町筋と本町筋の角にある尾州茶屋家を訪ねていた。むろん本日は独りであり、着慣れた旅着で袴《はかま》を身に付けていたが、道中羽織は、おこんが、

「季節も季節です。道中羽織はいささか大仰《おおぎょう》にございましょう」

と止めたゆえ、身に付けていなかった。

陽射しを避けるために菅笠を被って茶屋の店頭に立つと、すでに店の内外は塵《ちり》一つ落ちていないほど掃除がなされて、板の間など朝の光を映して鏡のように光っていた。朝のせいか、奉公人が表の板の間だけで二十数人ほどいた。

「ご免くだされ」

磐音が菅笠を脱いで敷居を跨《また》ぐと、昨日割られた大甕とは別の甕《かめ》が三和土の隅に置かれ、青楓《あおかえで》と鉄線《てっせん》の花が大らかに活けられていた。薄闇《うすやみ》に緑と淡い青紫の花が浮かび、なんとも清々しい。

「いらっしゃいまし」

と奉公人が声を揃え、

「おお、おいでになりましたな」

大番頭の三郎清定がすでに夏羽織を着て、仕度を終えた体《てい》で磐音を迎えた。

「大番頭どの、昨夕は思いがけなくも酒や米、醬油に加えて旬の魚菜をお届けくださり、まことに有難うございました。あのような品々を頂戴する謂《いわ》れもござらぬが、生ものもあったゆえ、早速遠慮のう夕餉に頂戴いたしました。鰹はなんとも美味でござった。お礼の言葉もございません」

「あの鰹、伊良湖《いらご》崎沖で獲れたものでしてな、新鮮なうちが勝負の魚。ご満足いただけてようございました」

三郎清定がすでに揃えてあった草履《ぞうり》を履き、片手に信玄袋、もう一方の手に扇を持って、

「さて参りましょうか」

と気軽に敷居を跨ごうとした。すると大勢の奉公人が、

「いってらっしゃいまし」

と声を大番頭の背にかけた。

くるりと板の間の奉公人をひと睨みした三郎清定が、一番番頭に視線をやって、

「番頭さん、留守の間宜しゅうな」

と言葉をかけた。

「畏まりました」

奉公人同士の言葉に無駄がなく、それでいてきちんと統制がとれていた。

「さて、参りましょう」

三郎清定は、茶屋町筋をまっすぐに横切り、御堀に架かる本町橋を渡ると、御

郭内に磐音を案内した。

御郭内に入るということは、尾張藩道場か、それに準じた道場に三郎清定が案内することを意味した。尾張藩の剣術は兵法と呼ばれ、影ノ流と呼称される新陰流、柳生流がいわばご流儀だ。むろん、その他にも円明《えんめい》流、行詰流、佐々木流、猪谷《いがい》流、玄《げん》流、貴直流、融和流、新外他《しんとだ》流、大神《おおが》流、神道無念《しんどうむねん》流、荒木流が尾張藩内に伝わっていた。

だが、尾張柳生の祖柳生兵庫助利厳以来、尾張の剣は、

「影ノ流」

に尽きた。

「清水平四郎様、名古屋は広いようで狭いご城下でございましてな、すぐに噂が広まります」

突然、三郎清定が言い出した。

「どのような噂にございましょう」

磐音は三郎清定から半歩ほど後を歩きながら問い返した。

「いえ、小商人は口さがないものでしてな。清水様にはお供二人がおられる、大久保様のご家来のお伊勢参りはなかなか豪儀じゃ、などとな」

磐音は微笑み返した。

「供といえば供ですが、あの二人はいねの身を案じて付き従うてくれたのです」

「身重の旅は不安が募りますでな」

と三郎清定が応じると、

「仇討ち旅という者もおるそうな」

「安永のみぎり、仇討ちとはいささか古めかしゅうございますな」

「仇討ちでもない。さすれば追っ手を逃れての道中ですかな。いえね、かように不躾《ぶしつけ》な話を持ち出したのは、この三郎清定のお節介心で、清水様の手助けになることがあればと思うたのです」

「大番頭どの、われら、昨日お目にかかった間柄にすぎませぬ。お気持ちは有難く存じますが、われらをそう信用なされてよろしいものでしょうか」

「清水様、尾州茶屋家はただの商人ではございません」

「古くは越南に朱印船を送り込み、ただ今は将軍家、老中、大名諸家に深いつながりをお持ちの中島家でございます。一介の商人であってよいはずもございますまい」

「清水様、私はその中島家の大番頭にございます。人を見る目は人一倍と、この三郎清定はうぬぼれております。そなた様ご夫婦はなんぞ曰くがあって旅をなされておられる、と思いましたら、この三郎清定のお節介癖がまたぞろ頭をもたげてきたのです。他意はございません」

「大番頭どの、われら、昨日よりすでにあれこれと茶屋家の世話になっており申す。これ以上の親切をお受けすると、名古屋に根を生やすことになります」

と磐音が答えたとき、白壁に嵌《は》め込まれた武者窓から、腹の底から絞り出す気合い声や竹刀《しない》、木刀で打ち合う音が響いてきた。

御郭内の一角に豪壮な剣道場があった。ということは尾張藩道場と考えてよかろう、と磐音は半ば推量があたったと思った。

「柳生新陰流尾張派の総本山道場にございます」

と言われて表に廻ると、江戸の三、四千石格の旗本の拝領屋敷並みの敷地に破《は》風《ふ》造りの豪壮な剣道場があった。

「さすが武術が盛んな尾張様の藩道場。江戸にもこれほどの剣道場はそうございますまい」

と磐音が答え、

「大番頭どの、旅の者がいきなり訪れて稽古が叶うものにござろうか」

「昨日のうちに、石河季三次《いしかわきさんじ》様にお願いしてございますでな」

三郎清定が言い、厳《いか》めしくも六尺棒を小脇に抱え込む門番に挨拶して、長屋門を潜《くぐ》った。

式台前に乗り物がつけられ、今しも大身《たいしん》が訪れた気配があった。その応対をしていたか、稽古着姿の壮年の藩士が、

「茶屋家の大番頭どのが道場に姿を見せるとは珍しいのう」

と声をかけた。

「馬飼《うまかい》様、本日はちと願いの筋があって出向きました」

「茶屋家が稽古着を扱うとは聞いたこともないが」

と馬飼と呼ばれた藩士が笑った。

「いえ、旅のお方ですが、稽古をしたいのだが道場を知らぬかと尋ねられて、お連れ申しました」

「そちらの御仁か」

馬飼が磐音を見た。

「尾州茶屋家の大番頭どのに願うたのは稽古の場と相手にございましたが、まさか御三家筆頭尾張藩道場とは思いもよらぬことで、恐縮至極にございます」

「同好の士なれば、ささっ、どうぞと申し上げたいが、うちは殊の外手続きが厳しゅうてな」

「馬飼様、道場主の石河様に、昨日のうちに遣いを立ててお願いしてございます」

「なに、石河様の許しがあるのか。それを早く言わぬか。ならばどうぞ道場に通られよ」

と馬飼が式台から二人を手招きした。

いつの間にか乗り物は姿を消していた。

案内された道場は御三家筆頭尾張藩の藩道場にして影ノ流総本山にふさわしい広さと造りで、何百人もの家臣団が稽古をする姿は壮観極まりなかった。

磐音は武術家の魂に火がついたようで上気した。だが、磐音は感情の高ぶりを面《おもて》に出すことはなかった。無言で稽古を見詰める磐音を気後れしたと見たか、

「最初にこの稽古風景を見た者はたれしも体を竦《すく》ませるものです。なあに稽古着に着替えて、竹刀を構え、稽古を始めれば、そのような気後れは霧散しますでな」

馬飼が磐音に笑いかけた。

「お手前、姓名の儀は」

「清水平四郎にございます」

と磐音は偽名だけ名乗った。

「石河様に話が通っておるなら、お目通り願おうか」

馬飼は磐音と三郎清定を案内して、何百畳とも想像もつかぬ道場の端を通って見所《けんぞ》に案内していった。

磐音はそのとき、尚武館佐々木道場に尾張藩士の門弟がいたかどうかを思い出そうとしていた。

尾張藩の御徒頭《おかちがしら》相馬《そうま》聖次郎《しょうじろう》がいたことを思い出したが、相馬家は代々江戸屋敷詰めと聞いたことがあった。その他に何人か尾張藩と関わりのある門弟がいたが、磐音と親しく稽古をした者はいなかった。

畳敷きの見所は小さな町道場の広さほどあり、高床も設けられてあった。広い見所の一角には、神君家康公を祀《まつ》った東照大権現宮を安置した神棚があった。

磐音は道場の隅に座し、手に携えていた備前包平《びぜんかねひら》と菅笠を床に置き、姿勢を正すと、神棚に向かって拝礼した。

その間に、三郎清定が尾張藩の重臣でもある道場主石河季三次に挨拶した。

磐音が顔を上げると、石河、馬飼、三郎清定が磐音を見ていた。

「清水様、こちらにおいでになり、道場主石河様にご挨拶なされませ」

と手招きした。

磐音を、道場主の石河と、見所から十数人の重臣たちが見ていた。その中には最前の立派な乗り物の主がいるものと察せられた。

道場主の石河は、尾州茶屋の中島家の大番頭が口添えして連れてきた人物の挙動を見ていた。

最初に尾張藩道場を訪れた人間は、豪壮な道場の佇まいと、大勢の家臣団が稽古をする迫力に圧倒されて口が利けなくなる。中には顔色が青ざめて、手がぶるぶる震える者すらいた。

だが、小田原藩大久保家陪臣清水平四郎なる人物は、春風駘蕩《しゅんぷうたいとう》として臆《おく》するところがないように感じられた。おそらく尾州茶屋家の大番頭三郎清定がわざわざ道場に連れてきた理由だろう。

この人物は思いもかけない大人物か、鈍感な仁か、石河季三次も迷った。

「石河様、清水平四郎様にございます」

三郎清定に紹介された磐音は、笑みを浮かべた顔で、

「稽古の儀、格別にお許しいただき恐縮至極にございます」

「お伊勢参りの途中、名古屋見物に立ち寄ったとあるが、しかとさようか」

「いかにもさようにございます」

「内儀を連れての信心旅の最中、道場稽古を望むとは今時珍しい御仁よのう」

「恐れ入ります」

「稽古を許す」

と石河は言うと、

「そなたが最初に口を利いたのだ。清水どのと打ち込みをやってみよ」

と相手の実力を試す打ち込み稽古を馬飼に命じた。

「それがしが一番手にございますか」

「不満か」

「いえ、有難き幸せにございます」

馬飼が答えると石河が磐音に向かって、

「馬飼籐八郎《とうはちろう》は御番衆組頭、当道場では師範格の一人である」

と磐音に馬飼の身分を明かした。

馬飼の年齢は磐音とほぼ同じだろう。御番衆は武官の家柄、身丈も六尺に近く磐音と遜色がない。尾張藩影ノ流の師範格となればそれなりの実力と想像された。

「馬飼様、ご指導お願い申します」

「稽古着の用意はないようじゃな」

「旅の最中ゆえ持参しておりませぬ。道中着にございますればこの形《なり》で願います」

宜しいというふうに馬飼が頷いた。

一旦見所前を下がった磐音は、道場の隅に置いた備前包平と菅笠のかたわらに腰の小さ刀を抜いて揃えた。石河は脇差《わきざし》の代わりに小さ刀を大刀に添えた磐音の形《なり》にいささか奇異なものを感じた。

磐音のもとに若い門弟が木刀と竹刀の二本を持って現れ、

「馬飼様が、稽古は木刀を所望か、それとも竹刀かとお尋ねにございます」

「造作をかけ申した。それがし、どちらにても構いませぬ」

若い門弟が両目を丸くして磐音を見ていたが、

「余計なお節介とは存じますが、荒稽古で知られた道場ゆえ、最初は竹刀がよかろうかと存じます」

と忠告してくれた。

「ご忠言痛みいる。ならば竹刀を借り受け申す」

磐音は若い門弟の差し出す竹刀を受け取った。

その場で軽く素振《すぶ》りをした磐音が馬飼の姿を探し求めると、広々とした道場の真ん中より見所寄りに立っていた。何百人の門弟衆は稽古中断の命が下ったのか、道場の壁際に粛然と下がり、座した。

馬飼籐八郎と磐音の打ち込み稽古を見物するのだ。

磐音は馬飼のもとに歩いていった。

見所下に座した尾州茶屋中島家の大番頭に、

「三郎清定、こちらに参れ」

と命じた者がいた。

尾張藩御付《おつけ》家老にして両家年寄と呼ばれる竹腰山城守忠親《たけのこしやましろのかみただちか》だ。最前式台の前で見かけた乗り物の主でもあった。

三郎清定が腰を屈《かが》めて竹腰の前に出ると、

「あの仁とどこで知り合《お》うた」

と問われた。

「昨日、店を覗かれたのでございますよ。お腹にやや子を宿した美しいお内儀様とご一緒でございました」

「なに、夫婦で旅をしておるか」

「男衆と女衆の供の四人にございます」

「供を連れておるとな」

「身形は質素にございますが、その立ち居振る舞いはなかなかの人物と、この三郎清定感じ入りました。そこで清水様の要望に応えて、私めの判断でこちらに案内したのでございます」

「あの者が尾張藩影ノ流道場での稽古を願うたのではないのか」

「いえ、あのお方は、汗をかく場と稽古相手が欲しいと言われただけにございます」

「そなた、それをいきなり藩道場に案内してきたか」

「それにはいささか訳がございましてな」

御番衆鵜飼家の次男中部相右衛門が店先で起こした騒ぎを手短に告げた。

道場では磐音と馬飼が竹刀を構え合ったところだった。互いに正眼《せいがん》に構え合ったとき、馬飼の血相が変わったことに見物人は気付いた。

対戦相手が想像した以上に強者ということに、初めて気付かされたのだ。

「ほう、馬飼籐八郎もあの者の正体に気付いたようだな」

と竹腰が呟き、

「中部相右衛門は近頃評判の悪い人物じゃが、十数年前まではこの道場の麒麟児と呼ばれた遣い手じゃぞ。それを扇子一本で悶絶させたとは並の腕前ではないな」

と三郎清定に言い、

「そなた、なぜ藩道場を選んだ」

「竹腰の殿様、今一つ、あのお方の正体が摑めませぬ。かと申して、尾張藩に害をなす人物とはとても思えませぬ。おそらく大久保家陪臣も嘘《うそ》なら、お伊勢参りの道中の最中というのも虚言にございましょう」

「狙いが分からぬか」

馬飼籐八郎が正眼を片手上段に構え直した。

得意の片手上段打ちで機先を制しようという作戦に出たのだ。ところが相手は竹刀を正眼に構えたまま、まるで春風が吹く野に独り稽古を積む修行者のように静かに立っていた。

馬飼が動いた。

「ええいっ！」

と裂帛《れっぱく》の気合いが響き、滑るような踏み込みとともに片手上段からのびやかに竹刀が振り下ろされた。

竹刀が大きな円弧を描いて、不動の訪問者の面を襲撃した。

「めぇーん！」

馬飼の先制を確信した勝鬨《かちどき》が尾張藩影ノ流の藩道場に響いた。

見物の衆は馬飼得意の片手上段打ちが決まったと、馬飼の動きのみを追った。

正眼に構えた磐音の竹刀が春風のように、
ふわり
と翻《ひるがえ》った。

どさり
胴を抜かれて横手に吹っ飛んだのは攻撃した馬飼籐八郎だった。床に叩き付けられた馬飼は、上体を起こしてきょろきょろと周りを見回した。自らになにが起こったかを理解できずにいる風情《ふぜい》だった。見物の大半もまた馬飼と同じ気分だった。

面打ちで仕留めたはずの清水平四郎は静かにもとの場所に立っていた。まるで寸毫《すんごう》も体を動かしてはいないかの如《ごと》く立っていた。

三

重苦しいほど森閑とした沈黙が道場内を支配していた。

「そこもとは」

と道場主の石河季三次が磬音に呼びかけたが、次の言葉が続かなかった。尾張徳川家の流儀影ノ流は、

「常勝の剣」

であらねばならなかった。道場を訪れた、名もなき剣術家にあっさりと師範が敗れるなど、許されるものではなかった。

「なんということ」

自分に起こったことを理解した馬飼籐八郎は呟くと、見所に向かって一礼し、その場を去ろうとした。

「待て、籐八郎」

と制したのは竹腰忠親だ。さらに対戦者の口から、

「馬飼様、稽古を続けませぬか」

と思いがけない言葉が洩れた。

場内の重苦しい緊迫をひと揺るがしして稽古の続きを促した。春風のように長閑で悠揚として、他意は感じられなかった。稽古の勝ち負けなどを超越した悠然たる誘いかけであった。

「それがし」

と言いかける馬飼籐八郎に、

「稽古は始まったばかりです。次は馬飼様の反撃の番ですぞ」

馬飼の視線が磐音から見所に、師の石河季三次を探して彷徨《さまよ》った。

「いかにもさよう。いつまで床に腰を落ち着けておる」

と両家年寄の竹腰が言い、はっ、と応じた馬飼が、

「無調法にござった」

「お願い申す」

両者は相正眼に構え直した。

磐音の顔に笑みが浮かび、馬飼も応じた。

一合目の攻防など忘れて虚心に稽古を積もうという気概が、両者の面に溢《あふ》れて

いた。

「えい」

「おう」

と気合いを掛け合うと同時に二人が打ち込み、竹刀が絡んで目まぐるしい攻防が続いた。

馬飼籐八郎は機先を制せられ、床に転がされたことを認識したとき、脳裏に尾張柳生の師範が不覚をとった以上、

「死」

で償うしかないと覚悟を決めた。だが、竹腰が対戦者と稽古を続けるよう促したとき、馬飼の念頭から死の想念が掻き消えていた。そして、

「よし、全力を尽くす」

という考えに変わった。そのことが馬飼籐八郎の緊張した体と心を解きほぐし、いつものように自在に身を動かした。

二人の攻防は時に激しく、時にゆったりと続き、四半刻《しはんとき》（三十分）もした頃、
磐音が、
さあっ

と竹刀を引いて、その場に座すと、

「ご指導有難うございました」

と馬飼籐八郎に礼を述べた。

馬飼もまた磐音に向かい合って正座すると、

「それがし、これほど無心の稽古をなしたこと、十七、八の頃以来かと存じます。なんとも楽しい時間にございました」

と笑みで応じた。

一礼し合った二人を見所の竹腰が手招きした。

磐音と馬飼が見所下に歩み寄り、床に座すと、見所には未だ緊迫と憤怒の感情が渦巻いていることが窺えた。

「ご家老。それがし、わが身の始末は承知しております」

馬飼籐八郎が静かに言い切った。

常勝の運命を負わされた尾張影ノ流が突如訪れた名もなき剣術家に敗れた一事に、馬飼はこう答えざるを得なかった。それが尾張藩道場の師範を務める者の宿命《さだめ》だった。

「腹を切ると申すか」

「はっ」

「清水どのが呆《あき》れておられるわ」

「清水どのには関わりございません。不覚にはそれなりの償いを為さねばなりませぬ」

「籐八郎、われら尾張者は影ノ流を不敗常勝の剣と久しく信じてまいった。稽古とはいえ、ああも易々と床に転がされるとは驚嘆の一事だ」

「ご家老、ゆえに責めはそれがしの一命を以《もっ》て負う所存」

「ふうっ」

と竹腰が吐息を洩らした。

「籐八郎、そなた、稽古が終わった後、無心に剣術を学んでいた頃の楽しい気分を久しぶりに味わったと、この仁に伝えたな。その言葉に相違ないか」

「はい、素直な気持ちにございます」

「馬飼籐八郎、われら影ノ流、一番大事な気持ちを失念して勝ち負けに拘《こだわ》る稽古を積んできたのではないか。それが、そなたがああも容易《たやす》く床に転がされた理由ではないか」

「ご家老、理屈にござる。武家は己の行動の結果に責任《せめ》を負わねばなりませぬ」

「渡辺《わたなべ》の爺《じい》、馬飼が床に転がされた後、この仁が稽古の続行を願わねば、爺様はどうしたな」

「それは明らかなこと。馬飼を下がらせ、二番手を指名して打ち込みを続けさせましょうぞ」

「二番手が敗れたとせよ」

「三番手を出すまで」

「次々に繰り出す門弟すべてがこの仁に敗れたとせよ。どうするな」

「ご家老、そのようなことがございましょうか。われら影ノ流は、不敗常勝の剣術にございます」

渡辺の爺と竹腰に呼ばれた用人渡辺三左衛門《さんざえもん》が言い切った。

「すでに申したぞ。影ノ流はすでに不敗でもなければ常勝の剣術でもなかったとな。この清水平四郎どのが証明なされた」

「馬飼一人が後れをとったのみ。影ノ流が後れをとったわけではございません」

と渡辺用人が言い切った。

磐音の隣に座す馬飼籐八郎が身悶《みもだ》えした。

「石河季三次、この件どう思うか」

竹腰の問いが道場主に向けられた。

「正直、迷うており申す。この仁、途方もなき剣術家か、われら影ノ流がいつしか力を落として、井の中の蛙《かわず》になり果てていたか」

「ふうっ」

と石河が大きな息を吐いた。

「ご一統様に申し上げます」

磐音が言い出したのはそのときだ。

「それがし、本日は稽古を願うて道場に参っただけにございます。それを快く受けていただいた馬飼籐八郎どのの気持ちに添い、心地よく汗をかくことができました。それがし、感謝の言葉もございませぬ。それだけにございます」

「そなたのほうはそれでよかろう。じゃが、影ノ流がどこの馬の骨とも知らぬ武術家に敗れた一事《こと》は糊塗できぬわ」

渡辺用人が喚くように磐音に言った。

「困りましたな」

と磐音の返答はあくまで長閑だった。

「それがし、どうすればようございましょう」

「門弟の恥は師の恥である。道場主石河季三次どの、そなたが立ち合いなされ」

と頑固者の渡辺用人が言った。

「老人、それがしが不覚を取った暁には、馬飼籐八郎と二人して腹を切ることになるのかな」

石河の言葉にはどこか渡辺の頑迷さにうんざりして、解きほぐそうとする気持ちが感じられた。

「そなたが負けるとなれば、影ノ流の存亡の危機にござるぞ。宗睦《むねちか》様になんと申し開きいたさばよいのだ」

「爺、そう独り憤るでない。それよりもこの仁の力をわが影ノ流に貸してもらうべく名古屋に逗留してもらい、われらは必死にこの仁の指導を仰いで影ノ流の力を高めんとすることが大事かと思うがのう。どうじゃ、石河」

「いかにもさよう」

「ううーん」

と渡辺用人が唸《うな》った。

そのとき、見所の竹腰が立ち上がると羽織を脱ぎ、

「清水どの、それがしに稽古を付けてはくれぬか」

と言い出した。

「ご家老」

と渡辺用人が悲鳴を上げた。

「爺、そなた、なんとしても馬飼籐八郎に腹を切らせたいようだが、この忠親がこの仁に引けをとれば、それがしも一緒に腹を掻っ捌くぞ」

見所から下りた竹腰山城守忠親が、

「新弥《しんや》、刀を持て」

と小姓に命じた。

場内にざわめきが走った。

「清水どの、真剣での稽古を願いたい」

「畏まりました」

と応じた磐音は座を立つと、備前包平と小さ刀を腰間に戻した。

穏やかな表情で道場の中央に戻った磐音が、

「お待たせ申しました」

とすでに対戦の仕度を終えた竹腰忠親に言った。

うん、と頷いた竹腰が、

「稽古とは申せ、遠慮は無用に願いたい」

「承知仕《つかまつ》りました」

「そなたの流儀はいかに」

「神伝一刀流《しんでんいっとう》を幼少より学びました」

「神伝一刀流とな」

流儀名に覚えがないのか、竹腰が首を捻った。

磐音は直心影流を名乗ることを躊躇《ちゅうちょ》した。名乗れば師がだれか問われたときに虚言を弄《ろう》するしかない。それは養父《ちち》であり師である佐々木玲圓《れいえん》の名を汚すことになると考えたからだ。

神伝一刀流は、剣術の最初の師の中戸《なかと》信継《のぶつぐ》から学んだ剣法に間違いない。

磐音は静かに二尺七寸（八十二センチ）の包平を抜くと正眼に構えた。

竹腰山城守忠親も、愛刀の五畿内《ごきない》山城来國光《やましろらいくにみつ》二尺二寸六分を抜いた。今尾《いまお》に城を持つ竹腰忠親は、藩道場の他に自ら家来に武術家を集め、若い頃から厳しい稽古を積んできて、剣にはそれなりの自負があった。また高位の身分が対戦相手を圧倒し、委縮させることを承知していた。

だが、剣を構え合った清水平四郎は、泰然自若の構えで悠揚として、身分差など相手が感じていないことを悟らされた。

（これはどうしたことか）

自然体などという生易しいものではない。正眼にとった構えからはめらめらとした闘争心などかけらも感じられず、かといって、なんともゆったりとした構えのどこにも隙を見いだせなかった。

清水平四郎は、尾張徳川家の最高位の家臣、城持ちの両家年寄の家格など恐れてはいないのだ。

ただ剣を構え合い、竹腰忠親の打ち込みを待っていた。

すいっ

と来國光を胸前に引き付けると、一気に踏み込んでいった。若い頃、

「竹腰の一気攻め」

と称された電光石火の攻撃だった。

清水平四郎は不動のまま竹腰の攻めに刃《やいば》を合わせ、横手に流した。すると竹腰の攻めが相手の剣に吸い取られて体が横向きに変えられていた。竹腰は咄嗟《とっさ》に左足を基点に体を戻し、流れた剣を構え直して相手に向き合った。すると相手は元の場所に泰然といた。まるで何事もなかったかのような清水平四郎だった。

（どうしたことか）

と再び竹腰は自問した。

それにしてもこの悠揚迫らぬ態度はどこから来るのか。尾張名古屋の藩道場に、案内者があるとはいえ独り乗り込み、この余裕はなんだ。

（かくなる上は攻め切るしかない）

と覚悟した竹腰は、その時点で磐音の力を想像した以上のもの、格上と認識した。若き日、

「今尾の虎《とら》」

と称された無鉄砲な竹腰忠親に戻っていた。

「参る」

竹腰は身分も年齢も忘れて一剣に自らを賭《か》け、攻めに攻めた。だが、攻めれば攻めるほど相手の剣に力が吸い込まれて、徐々に体内から力が抜けていった。

一連の攻めを途中で止めた竹腰は、一歩飛び下がり、

「はあはあ」

と荒い息を吐いた。

「そなたの剣はなんとも摩訶《まか》不思議なものじゃな。打ち込むほうがくたびれて、

どうにもならぬわ。わが影ノ流にはかような剣法はない」

「はあ」

と答えた磐音が包平を静かに鞘《さや》に戻すと、

「師からは、春先の縁側で日向《ひなた》ぼっこをしている年寄り猫のようじゃと言われました」

「なにっ、日向ぼっこをしている年寄り猫か。言い得て妙かな。そなたの構えを崩すにはどうすればよい。日向ぼっこをする年寄り猫を怒らすには、なんぞ有効な手立てがあるか」

「はてどうでございましょう」

と笑った磐音が、

「最前、名古屋に逗留中は道場の稽古をお許しくださると言われましたが、しかとさようでございますか」

「武士に二言はない。そなたが共に稽古をしてくれれば道場に活気も出よう」

と言い切った竹腰が、

「のう、石河」

と道場主に念を押した。

「むろんのことにございます」

「有難き幸せに存じます」

と言う磐音を、渡辺用人は苦虫を嚙《か》み潰《つぶ》したような表情で睨み付けていた。

だが、現役の門弟衆の大半は磐音の態度と剣に興味を抱いたようで、

「清水平四郎どの、それがしに稽古を付けてくださいませぬか」

と一人の門弟が願ったのをしおに、次から次に稽古相手が現れて、磐音はその相手を務めることに専心した。

竹腰忠親と見所にいた重臣方は尾州茶屋の大番頭三郎清定を連れて、道場から下がり、広座敷に集まった。

「三郎清定、えらい武芸者を連れて参ったな。そのほうが鵜飼の乱暴者の次男を扇一本で悶絶させたと言うたのを、なんと大仰な奴めと信じなかった報い、満座の前で大恥をかいたわ」

「ご家老様は、馬飼様に腹を切らせぬためにわざと真剣での稽古をなされたのでございましょう。恥などではございませぬ。大事な家臣の命を救われたのでございますよ」

三郎清定が笑みの顔で応じると、

「ご家老、清水様の腕前、ほんものでございますな」

「念を押すまでもないわ。小田原の大久保様の陪臣じゃと。違うな」

「江戸のお方にございますな。住まいしておる聞安寺では仇討ちとか、なんぞ追っ手に追われておる御仁との見方もございます」

「仇討ちではあるまい。かと申して大名家や旗本家から追っ手がかかる人物とも思えぬ」

と竹腰忠親が言い、

「三郎清定、そのほうが連れてきた人物じゃぞ。尾州茶屋中島家の総力を挙げてあの者の身許を調べ上げよ」

「そのために道場での稽古をお許しになられたのでございますか」

「知れたこと。尾張徳川に害する人物なれば、城下から出すわけにはいかぬ」

「ご家老、そのときはどうなさるので」

「たとえ百人の家来の命を犠牲にしてもあの者を討つ」

と竹腰忠親が言い切った。

「畏まりました。しばし日にちをお貸しくださりませ。必ずや清水平四郎様の身許を調べ上げてご覧にいれます」

「うーむ」

と答えた竹腰に三郎清定が、

「私の勘では、なんとのう尾張徳川様に益をもたらす仁と見ましたがな」

「そう祈ることだ、三郎清定。もしその考えが間違っていたと分かれば、尾州茶屋中島家とてそのままには済まされぬぞ」

と竹腰が三郎清定を睨み据えた。

四

「ふっふっふふ」

藩道場の長屋門を出たとき、尾州茶屋の大番頭中島三郎清定が嬉しそうに笑った。

「なんぞよきことがございましたかな」

磐音が、稽古の間道場から姿を消していた三郎清定に尋ねた。

「清水様、よきことかどうかは存じませぬ。じゃがこれほど愉快なこともございませぬよ」

「ほう、それはまたどうしたことで」

「あなた様のことですよ。御三家筆頭尾張六十二万石の藩道場のお歴々の度肝《どぎも》をお一人で抜かれ、あの場を引っ掻き廻されましたでな」

「それがしが」

と磐音が足を止めて三郎清定を見ると、

「それがし、稽古を願うただけにござる。そのような大層なことを仕出かした覚えはござらぬが」

と困惑の表情を見せた。すると尾州茶屋の大番頭が、

「わっふっわわわ」

と声を上げて笑い出した。

往来する武家が三郎清定を見返ったほどの大笑いだ。それを振り返った三郎清定が腰を折って会釈《えしやく》を送り、歩き出した。

磐音もそれに従った。

仲夏の陽光は中天にあり、御郭内の武家屋敷の通りを白く見せていた。

「初代藩主義直様以来、名古屋をこれほど震撼《しんかん》させた御仁はおられませぬ。だが、当人はいたって澄ましてござる」

「大番頭どの、それがしには見当もつかぬこと」

「よいですか。尾張の藩道場のご流儀影ノ流は大和柳生、つまりは江戸柳生に対抗して研鑽《けんさん》を積み、江戸柳生を、いや、江戸を超えて天下の剣と豪語してきました。その鼻っ柱を、清水平四郎様はお一人でがつんとへし折られたのです。竹腰のお殿様がおられねば、道場主の石河季三次様も、最初に対戦した馬飼籐八郎様も腹を掻っ捌くことになったのは確か」

「お待ちくだされ。馬飼様との稽古も竹腰様との真剣での稽古も、稽古以外のなにものでもござらぬ」

「そう思うておられるのは清水様お一人」

「それは困った。尾州茶屋中島家に迷惑をかけることになったのではないか」

「確かにそれは否めませぬ。だが、井の中の蛙の影ノ流の肝《きも》を冷やした清水平四郎様は、いわば尾張柳生の救い主やもしれませぬ。事と次第によっては、藩道場の門前に清水大明神の祠《ほこら》ができることになるやもしれませぬぞ」

「大番頭どの、それがし、明日から稽古に通ってよいのであろうか」

「むろん、お望みのままにお通いになり、たっぷりと汗を流してくだされ。姿を見せられませぬと、却《かえ》って迷惑する人やら、がっかりなさる門弟衆がおりましょうからな」

「ならば通います」

「そうなされ、そうなされ」

と三郎清定がご機嫌な口調で応じたものだ。しばらく無言で歩いていた大番頭が、迷ったように磬音に訊いた。

「清水様、差し出がましいことをお尋ね申しますが、お内儀様のお産、この名古屋でなさるお気持ちがございますので」

「名古屋のような繁華な都なら、お産婆様も、万が一の場合はお医師もおられましょう。いねもそれがしも、それもよいなと話し合うているところです」

「それはよろしい。万事この三郎清定にお任せくだされ。いね様が安心してやや子をお産みになる仕度を整えますでな」

「お産は病ではござらぬ。われら夫婦には仔細あって霧子という女衆もついておるゆえ、なんとかお産くらいできましょう。伊勢参りは赤子を抱いての道中となりましょうが、それも旅の醍醐味《だいごみ》」

と磬音が鷹揚に笑った。

「清水様にはお連れ様がございますので」

三郎清定は知らぬふりをして尋ねた。

「いねの実家が小田原城下の大家にございましてな、われら夫婦だけの道中ではこころもとないと、弥助と霧子の二人を付けてくれたのでござる」

「そうでしたか。それはなんとも豪儀な旅ですな」

「何度も断ったのですが、女親というものはあれこれ心配が募るものとみえて、かような仕儀に立ち至りました」

「お節介ついでにお尋ねしてようございますか」

「なんなりとお聞きくだされ。大番頭どのにはこたびいかい造作をかけました。いわば尾張名古屋の恩人、遠慮は要りませぬ」

二人は御郭内から町屋を結ぶ本町橋へと差しかかっていた。

橋上から桶《おけ》に入れた亀を堀に放そうとする初老の夫婦がいた。なんぞ祈願が叶ったので亀を放つ放生会《ほうじょうえ》か。普通、生類を憐《あわ》れんで解き放つ放生会は、陰暦八月十五日に行われた。

「広左衛門《こうざえもん》さん、お孫様のはしかは軽く済みましたかな」

振り返った爺様が、

「おや、茶屋の大番頭さん。いかにも軽いはしかで済みましたでな、那古野神社に願掛けした約束を果たしたところです」

「それはよかった」

三郎清定が言葉を返す間、磐音は足を止めていた。そして、二人が歩き出したとき、

「お内儀様の実家が大家とお聞きいたしましたで、路銀など他人が案ずることもございますまいが、供を従えての旅ともなれば費《つい》えもそれなりにかかりましょう。名古屋滞在が長くなれば、それはそれでまた物入りです」

「大番頭どののお気を煩わせて申し訳ござらぬ。そろそろ主のそれがしがなにか日銭を稼ぐことをと考えていたところです」

と磐音は正直に応えて、

「ただし、それがし、芸があるとしたら多少剣を遣うことくらいにござる。なにか仕事の口がございましょうか」

と三郎清定に尋ね返していた。

「清水様はなんとも素直なご気性にございますな。それでこそ万人に好かれるわけです。ようございます、この三郎清定が働き口を探して進ぜましょう」

と請け合ってくれた。

「なにからなにまで造作をかけ申す」

「なんのことがございましょう。郷に入《い》れば郷に従え、名古屋のことは名古屋の習わしに従うものです」

磐音は足を止めると、三郎清定に深々と腰を折って礼を述べた。

「大番頭さん、道端でなんぞございましたかな。お武家様に頭を下げさせたりして」

と本町通から曲がってきた乗り物が尾州茶屋の前に止まり、乗り物の中から声がかかった。

「おや、旦那様、ただ今お戻りにございましたか。気が付かぬことで」

と言葉を返した大番頭が、ちょうどよい折りです、こちらに、と磐音を乗り物のかたわらに連れていった。

乗り物を担ぐ手代が肩から棒を下ろすと、一人は引き戸を開け、もう一人は草履を揃えた。

光の中に壮年の町人が姿を見せた。

尾州茶屋家十二代中島清貴《きよたか》だ。

「旦那様、昨日お話し申しました清水平四郎様にございます」

「鵜飼様の次男坊を懲らしめたという御仁ですな」

「いかにもさようです」

主従の会話を聞きながら磐音は菅笠を脱いだ。

中島清貴の視線が磐音を見た。穏やかな眼差しだが、さすがは尾州茶屋の頭領、穏やかな中にも油断のない力が秘められているのを磐音は見た。

「清水平四郎にございます」

「当家の主、中島清貴にございます。昨日は店先で乱暴者を始末していただいたそうで、お礼の言葉もございませぬ」

「なんのことがございましょう。却って季節の品々に米・味噌などお届けくださり、恐縮しております」

「あの仁は名古屋でもいささか困り者でございましてな、知り合いに清水様のような豪のお方がおられるのは、うちも安心でございますよ。今後とも宜しくお付き合いください」

「旦那様、清水様がお店の背後に控えておられるだけで、嫌がらせの類《たぐい》は減りましょうな」

「心強いかぎりです」

と応じた清貴が、

「どうでしたな。藩道場では清水様の稽古を許されましたかな」

「旦那様、それについてお話がございますので。この清水様、途方もないお方ですぞ。両家年寄の竹腰の殿様から石河飛驒守《ひだのかみ》様の肝を一人で冷やされましてな、影ノ流の鼻っ柱をがつんと折られました」

「なに、藩道場もかたなしですか。それは面白い話のようです。清水様、お聞かせくださいませんか」

「主どの、話すようなことはなに一つございませぬ。大番頭どのの口利きで明日からの稽古が許されただけにござる。本日は、長屋で女房が待っておりますのでこの足で戻ります」

「それは残念ですな」

清貴が言い、磐音は丁重に二人に辞去の挨拶をすると聞安寺へと向かった。

その背を見送っていた清貴が、

「叔父御、なにがあったのです」

と大番頭に尋ねた。

三郎清定は名から察せられるように中島家の血筋、清貴の叔父にあたった。

「竹腰の殿様が、清水様の身許を調べよ、事と次第によっては中島家にも災いが降りかかる、と言われました」

「なんと、あの御仁がそれほど竹腰様を慌てさせましたか。それは面白い話のようですね。家でとくと聞かせてもらいましょうかな、叔父御」

と清貴がひんやりとした三和土の店へ入っていくと、

「お帰りなさいまし、旦那様」

と奉公人一同が声を揃えて主を迎えた。

磐音が陽炎《かげろう》の立つ聞安寺の墓地を抜けて長屋に戻ったとき、弥助と霧子が井戸端で、真桑瓜《まくわうり》を入れた竹籠《たけかご》を井戸水に下ろして冷やそうとしていた。

「美味《おい》しそうな真桑瓜じゃな」

「お帰りでしたか。夕刻になればきっと冷えて食べ頃になりましょう」

と弥助が答え、

「どちらの道場をお訪ねになりましたので」

と本日の首尾を訊いた。

「尾州茶屋の大番頭どのは尾張藩道場に案内なされたのだ」

「それは影ノ流、とんだ災難にございましたな」

その展開が想像できたか、弥助が笑った。

「いやはや豪壮な道場であった。それに門弟衆も数え切れぬほどおられて、熱心に稽古をしておった」

「立ち合い稽古をなさいましたか」

「馬飼籐八郎という師範に相手をしてもろうた」

「その先は聞かずとも、藩道場の慌てぶりが目に浮かびます」

「弥助どの、それがし、竹刀を構えると手を抜くことを忘れてしまう。武芸者同士の稽古は、全力を尽くすのが礼儀と心得るものでな。悪い癖とも、大人げないとも反省しているのだが」

「剣術は武士の表芸、稽古に際して手を抜くなど以ての外です。若先生には似合いませぬ」

と弥助が言い切った。

「あれでよかったかな」

「明日からの稽古は許されましたので」

「お許しいただいた」

「それならば上々吉と申すべきです」

「そうであればよいが」

磐音は素直に喜ぶとともに、なんとなくこのままでは終わりそうにもないな、と危惧《きぐ》した。

「あら、お戻りでしたか」

と姉さんかぶりのおこんが井戸端に姿を見せた。

「ただ今戻った。尾州茶屋の店頭で他出から戻ってこられた主の中島清貴様に奥へと誘われたが、昨日の今日、遠慮した」

「ならお腹もお空《す》きでしょう。霧子さん、名古屋名物のきしめんを茹《ゆ》でましょうか」

「紐革《ひもかわ》か、よいな」

とつい磐音の頬《ほお》が綻《ほころ》んだ。

きしめんは紐革とも芋川《いもかわ》とも呼ばれ、尾張芋川の名物であった。麺《めん》を平たく延ばして、碁石形に打ち抜いたものを「棊子麺《きしめん》」といい、名古屋名物であった。それがいつの間にか二つが混同され、きしめんの名で紐革が供され、尾張一円に広がっていた。

磐音は名古屋城下に入った日にきしめんを食し、好物になっていた。

「道場で稽古をなさってきた若先生に、きしめんだけでは気の毒です」

「そうですね。なんぞ工夫しましょうか」

おこんと霧子が話し合い、台所に向かいながら昼餉の相談が始まった。

井戸端に磐音と弥助が残された。

「若先生が藩道場を騒がせた一件が吉と出るか凶と出るか、楽しみではございますね。今頃、尾州茶屋方ではわれらの身辺を探り始めておりましょう」

「昨日のうちにあれこれと品が届けられたのは、それがしの身許を疑うてのことではあるまいか」

「いかにも、それは考えられる話にございます」

と応じた弥助が、

「若先生、ちょいと探りを入れましょうか」

「茶屋か、それとも尾張藩か」

「わっしと霧子が二手に分かれれば、二つ同時に調べることができましょう」

「いや、こちらが動くことはあるまい。われらの身許が調べ上げられ、尾張を追われるなら、それも致し方なきこと。運命《さだめ》に従えばよいだけのことだ」

「そうでございましたな。紀伊を後ろ盾にした田沼意次様と尾張徳川様が反《そ》りの合わぬことは、世間に知られたことでございます。わっしが城下を歩いてもそのことはひしひしと感じられます。若先生が田沼様に楯突《たてつ》かれたことを尾張様がどう受け止められるか、その辺にわれらの名古屋逗留が決まってきましょう」

「弥助どの、その田沼様の追っ手じゃが、感じられぬか」

「わっしも霧子も、五感を働かせて刺客の影を見付けだそうとしているのですが、今のところ名古屋に潜入はしていないようです。もっとも名古屋も大きな都ゆえ、見落としがあるやもしれませぬ」

「弥助どの、それがしもその気配は感じ取れぬのだ。ひょっとすると、おこんがやや子を産むまで長閑な日々が続こうか」

磐音と弥助の視界に、聞安寺の墓地を横切ってくる一人の女が目に留まった。

菅笠をかぶり、背に小さな箱を負っていた。

「はり、いとしなじな」

とか細い声で売り声を上げた。

針糸売りだ。名古屋にも針糸を商って生計《たつき》を立てる女がいるようだ。これら針糸売りは、京都姉小路《あねやこうじ》の御簾屋《みすや》の針を包みに入れて売っていた。

若い娘の針糸売りは、磐音と弥助がいることを確信しているように墓地を横切り、長屋の木戸を潜ってきた。

「はり、いとしなじな」

と磐音らの顔を見て、また娘が囁《ささや》くような売り声を上げた。

「姉さん、針を売りに来なさったか」

と弥助が娘に問うた。

菅笠の下の娘の顔は十七、八にも、二十歳《はたち》を大きく過ぎているようにも思えた。

磐音は、彫りの深い顔立ちから異人の血が流れているのではないかと推測した。

「こちらに佐々木磐音様がお住まいにございますね」

「磐音はそれがしじゃが」

磐音の返事に娘が針包みを差し出した。

「針を購《あがな》えと申すか。女房に訊いてみねば分からぬ。しばし待ってくれぬか」

「いえ、この針包みは差し上げます」

「そなたは商人《あきんど》であろう。針をただで渡しては商いになるまい」

「いえ、これは頼まれ仕事にございますので、相手様から手間賃は頂戴してございます」

「姉さん、相手とはたれだえ」

弥助が訊いた。

「雹田平という系図屋さんにございます」

「ほう、雹田平か。どこで会《お》うたな」

「宮の渡し場で」

と針包みを磐音の手に差し出した。

「なんぞ雹田平どのからの言伝《ことづて》があろうか」

磐音が娘に尋ねた。

「いえ、この針包みを佐々木磐音様に渡せばよい、それが要件じゃと言われました。確かに渡しましたよ」

と磐音の手に京都姉小路御簾屋の針包みを渡した娘が、

「私はこれで」

と踵《きびす》を返すと木戸口から墓地へと戻っていった。しばしその後ろ姿を見送っていた弥助が、

「ちょいと尾《つ》けてみます」

と磐音のかたわらからすいっと気配を消した。

磐音は、針糸売りの娘と弥助が陽炎のゆらめく墓地へと姿を消すのを見送っていた。

第三章　拝領の陣羽織

一

歳月はゆるゆると過ぎていく。

尾張名古屋に足を止めた主従四人の周辺では、落ち着いた日々が続いていた。

磐音は御郭内の影ノ流の藩道場に通い、稽古に励み、日一日と門弟衆、つまりは尾張徳川家の家臣団と交流を深めていた。

磐音と稽古を望む門弟は、それなりの剣技の持ち主であり、若い世代が多かった。

藩道場に通う上級幹部の大半は、未だ磐音と稽古をなすことを躊躇《ためら》っていた。

だが、そんな数少ない幹部の中、最初に磐音と竹刀を交えた馬飼籐八郎が積極的に磐音に稽古をねがって、真剣に磐音の剣をまなぼうとしている態度が目についた。

馬飼は自ら磐音と対戦しただけに、磐音の秘めた力の一端を肌で承知していた。

「あっさりと負けおった籐八郎が、どこのたれとも知れぬ者に擦り寄って稽古をつけてもろうておるぞ」

という一部の冷ややかな見方を無視して、ともかく磐音の強さの秘密を知ろうと真剣だった。

何度か稽古をするうちに馬飼籐八郎の中に、

「相手を倒す、負かす」

という対抗心が薄れて、無心にまなぼうとする純粋な境地に達していた。その心持ちが馬飼籐八郎の身心を解きほぐし、闊達《かったつ》自在な動きを誘っていた。つまりは磐音から打たれた一本の意味を五体が理解し、糧《かて》とした。

磐音がわざと誘い込んだ隙に乗り、打ち込んでおいて、反撃を躱す余裕も出てきた。

「馬飼様、段々硬さがとれて自在に動かれますな」

「清水どの、稽古を積めば積むほど、清水どのの力が底知れぬことに畏《おそ》れおのののいております」

「それがしに底知れぬ力などあろうはずもござらぬ。そのように感じられるとしたら、剣の奥義《おうぎ》を馬飼様が想い描いておられるからでござろう」

磐音と馬飼の間には、一本一本を先んじただの、後れを取っただのの感覚は今やない。互いの剣技を確かなものにするための稽古にひたすら没入した。それが延《ひ》いては磐音の、馬飼の技を確かなものとしていた。

さしも広大な尾張藩道場にあって二人の稽古は評判になり、律動的な動きと竹刀の打ち合わされる音に目と耳を奪われる門弟衆もいた。

「清水どの、それがし、以前にも増して力をつけたような気がします。錯覚でしょうか」

「いえ、馬飼様の業前は一段も二段も向上なされたと思います」

「清水どののお蔭《かげ》です」

「いえ、馬飼様が自ら会得された力かと存じます」

「自ら会得する技に進歩がございましょうか」

「他者から得る力より、自らが気付いた動き、間、踏み込みこそ、真の実力と申せましょう」

「清水どのはなんとも褒め上手です。つい乗せられてしまいます」

と二人が会話をなした日、馬飼籐八郎の道場主石河季三次が馬飼を呼んで稽古相手を命じた。

数合打ち合った石河が、

（おや）

と不思議な感覚を師範の馬飼籐八郎に抱いた。

馬飼は自信を持って師匠との稽古に臨んでいた。これまで馬飼は師の醸し出す大きくも高い、

「巨岩」

に威圧されて、ある線以上踏み込むことは敵《かな》わなかった。それがこれまでの間《ま》境《ざかい》をすいっと踏み込んで打ち込んできた。

攻守の間境を超えたことで繰り出す一本一本が、力強く確実なものとなっていた。石河は清水平四郎との稽古がもたらした、

「力」

と感じ取り、稽古が終わった後、

「馬飼、ひと皮剝《む》けたな。いや、そのような表現は相応《ふさわ》しゅうない。そなた、剣

とはなにか一段深い境地に達したようじゃ」

と力の向上を認めた。

「師匠、真《まこと》にございますか」

「虚言を弄してなんとする」

「清水平四郎どのに繰り返し稽古を付けてもろうた結果と存じます」

石河も素直に頷き、

「あの仁の剣技、大らかにして鋭く、自在にして闊達じゃな。影ノ流にない不思議な業前よ」

石河は清水平四郎の剣に底知れぬ恐怖を抱いた。と同時に、石河も清水と竹刀を交えてみたいという強い欲求に駆られた。

だが石河には、尾張徳川家の流儀を護《まも》るという使命が課せられていた。そう易々と正体の知れぬ剣術者と竹刀を交えて、門弟衆に、いや尾張徳川の家臣団に、

「後れ」

を曝すことはできなかった。尾張藩道場主の剣術は、

「至高の剣」

であらねばならなかった。ために石河は人生の大半を稽古に傾注し、道場主に

選ばれてからはその地位を守ってきたのだ。

石河の背には尾張柳生影ノ流は、

「天下の剣」

という重い看板を負わされていた。

「馬飼、恥をかいて実を得たといえば、いささかそなたを蔑《さげす》む言い方に聞こえるやもしれぬ。だが、そなたは幸せ者じゃぞ、この機を逃すでない。清水どのに存分に稽古をつけてもらえ」

はっ、と師のお墨付きを貰った馬飼籐八郎が師の大らかな気持ちに感謝して、

「師匠、清水どのと稽古をしていると、一撃一打の感覚がどこか違うように感じられるようになりました」

「一撃一打の感覚のう。そなたらの稽古を見ておると、勝敗など超越したような時を感ずるわ。そなたは幸せ者よ」

とまた同じ言葉を師は繰り返した。

「はい」

「なんとも得難き稽古相手じゃな」

「清水平四郎どのは稽古相手などではございません。師はただ一人と承知してお

りますが、剣の先達に出会うた感じにございます」

「あの仁の剣技にはなんの邪心も感じられぬ」

「いかにもさようです。それどころか王者の風格を感じるのはなぜでございましょう。それともそれがしが、誑《たぶら》かしにでも遭《お》うているということでしょうか」

「そなたはどう思うのだ」

「清水どのの剣は断じてまやかしや手妻《てづま》などではございません」

「となればあの者、清水平四郎などと申す仁ではない」

「何者でしょうか」

「そのうち知れるときが参ろう。それが尾張徳川にとって喜ばしいことか哀《かな》しむべきことか。馬飼、そなたが身を以て感じ得たこと、私の他に伝えるでない」

はっ、と今一度馬飼籐八郎が畏まった。

その視線の先に、大目付《おおめつけ》見習いを命じられたばかりの今里右近《いまざとうこん》が清水平四郎に必死に立ち向かう姿が見えた。右近は右太刀馬御礼以上の身分、禄高《ろくだか》にして五百石以上の家系、書院番頭《しょいんばんがしら》今里助左衛門《すけざえもん》の嫡男《ちゃくなん》で、影ノ流藩道場には十一歳から通い始め、この一、二年体が大きくなると同時にめきめきと力を付けてきた若者だった。

石河は右近のことを、

「いずれ藩道場を背負って立つ逸材」

と見ていた。

伸び盛りなだけに怖い者知らずだ。

その右近が清水平四郎を相手に果敢な攻めを繰り返していたが、巨象の周りを飛び回る虻《あぶ》の様相で、独り相撲《ずもう》をなしていた。

「右近め、力と若さに任せて清水攻略を挑んだが、馬飼籐八郎の負けて得る境地にはあと十五、六年はかかろうか」

と石河は苦笑いした。


磐音がこの日、聞安寺の長屋に戻ると、弥助が昼餉の仕度をしていた。

「弥助どの、おこんも霧子もおらぬのか」

「おお、戻られましたか」

井戸端に設けられた棚から瓢簞《ひょうたん》がぶら下がり、辺りに緑陰を作って影がゆっくりと揺れていた。

「尾州茶屋から女衆《おんなし》のまや様が見えまして、おこん様を医者どのの診立《みた》てにと誘われました」

「おお、この前より話があったやや子の診立てかな」

「はい。おこん様はお一人で大丈夫と言われましたが、なにかあってもいけませぬ。霧子を従わせました」

「それはご苦労にござった。着替えを済ませたら、それがしも手伝おう」

と磐音は縁側から屋内に上がった。するとおこんが縫《ぬ》いかけた産着が見えた。

「来春になれば父親じゃぞ」

と自らに言い聞かせた磐音は外出着を脱ぎ、衣紋《えもん》掛けにかけた。

磐音が着替えて井戸端に戻ると、おこんと霧子のほか見知らぬ女衆がいた。

「おお、戻っておったか。お医師どのの診立てはどうであった。お腹のやや子は息災に育っておると言われたか」

「旦那様、そうせっかちに尋ねられても戸惑います」

「おお、そうであったな」

「まや様をご存じにございますか」

とおこんが磐音に問うた。

「いや、初にお目にかかる」

「尾州茶屋の奥向きを務められるまや様にございます。本日は大番頭様のご命で、まや様には中島家出入りの蘭方医《らんぽうい》嵐田石学《あらしだせきがく》先生の診療所に案内《あない》いただきました」

「おお、それはよかった」

磐音が笑顔をおこんからまやに向け直して、

「本日はご足労をおかけいたしました。清水平四郎、礼を申します」

と頭を下げた。

「なにを仰いますやら。私はただ嵐田先生のもとにご案内しただけにございます」

まやが磐音に微笑み返した。

尾州茶屋の奥向きの女衆ということは、今津屋時代のおこんのような役向きであろうか。年齢はおこんより四、五歳年上か、気品と落ち着きを感じさせる女性《にょしょう》だった。

「私はいね様と知り合い、なんとも楽しい半日にございました」

「私こそまや様と知り合い、なんとも心強い気持ちにございました」

女同士が言い合った。

「おまえ様、嵐田先生は、旅の者が診察を仰ぐような町医者ではございません。尾州茶屋のような大店《おおだな》や尾張藩の大身が患家にございます。その嵐田先生が産婆さんまで診療所に呼ばれて、丁寧に診察なされて、今後の注意を懇切に授けてくださいました」

「それはよかった。やや子は元気であろうな」

「はい、やや子の心音を確かめられて、元気に育っていると言われました」

「よかったな、おこん」

「はい」

磐音は思わず、いねであるはずのおこんを本名で呼んだ。弥助と霧子は気付いたが、初めての子が元気に育っていることを喜び、つい忘れたのだ。

「もはやこれで安心にございますな」

と弥助が二人の会話に割って入り、

「霧子、手に提げているのはなにかな」

と霧子に尋ねた。

「師匠、診療所の帰りに尾州茶屋さんに立ち寄りましたところ、まや様がお店の昼餉のお握りを重箱に詰めてくださいました」

「なに、お握りを頂戴してきたか」

「弥助どのと昼餉の仕度をと話し合うておったところじゃ。助かったな」

と磐音がにっこり笑い、

「まやどの、なにからなにまでのお心遣い、忝《かたじけの》うござる」

と頭を下げた。

「なんのことがございましょう。私はこれで失礼いたします」

まやは腰を折って辞去の挨拶をすると、聞安寺の長屋から墓地を抜けて参道へと出ていった。それを見送ったおこんが、

「尾張で子を産むことができれば安心にございます」

「尾州茶屋と知り合うてよかったな」

と磐音と言い合う声が風に乗ってまやの耳に届いた。

まやは墓地の一角で足を止め、墓石の陰に身を屈めた。

尾州茶屋中島家は、尾張徳川家の細作《さいさく》でもある。奥向きの女衆まやは間諜の技を叩き込まれた女だった。

聞安寺の長屋の縁側では、尾州茶屋から頂戴した重箱の蓋《ふた》が開けられたところだった。じゃこと細かく刻んだ青菜漬けを混ぜたお握りが十二も並んでおり、香

の物まで添えられていた。

台所に茶を淹《い》れに立ったのか、霧子の姿がなかった。

「おこん、これは美味しそうな」

「磐音様、たんとお上がりください」

おこんは磐音のためにお握りを小皿に載せて渡した。

まやの耳に、清水平四郎が今またいねをおこんと呼び、おこんと呼ばれたいねがいわねと亭主の名を呼び返す声がした。

この一事を見ても、曰くのある主従に間違いはない。だが、まやは尾州茶屋や尾張藩に仇《あだ》なす四人とは考えたくなかった。

とはいえ聞安寺の坊主たちが言う、仇討ちか、反対に追われる身分ともいささか感じが違うようだとまやは思った。

磐音はじゃこと青菜がまぶされたお握りを一口食して、

「なんとも美味じゃぞ、おこん。弥助どの、そなたも食せぬか」

と言うとお握りを堪能し始めた。

こうなるともはや磐音はだれが話しかけようが食べることに没入して、言葉は耳に届かない。いや、届いているのだが、食することのみが磐音の頭の中を占め、余所《よそ》の話も出来事も上の空でしかないのだ。

その様子を弥助が見て笑い、

「おこん様、若先生の食べる姿は子供のように無心でございますな」

「この癖ばかりは生涯直りそうにもございません。やや子が産まれたら、この磐音様の癖も子に伝わるのでしょうか」

「はて、かように無心になれる大人など世間におられますまい。それだけ若先生が純真無垢《むく》な心の持ち主ということにございますよ。きっと亡き家基様も、若先生のそのようなお心持ちに心を許されたのでございましょう」

まやの背筋にぴくんと雷電のようなものが走った。

「家基様の前でも、磐音様はかようなお姿を見せられたのでございますか」

「むろんですとも。若先生はどなたであろうとその身分の上下で態度や癖を変えるようなことはなさりませんでな。それがまた若先生を西の丸様が信頼なされた謂れでございますよ」

「家基様が逝かれて早三月《みつき》」

「なんとも長い三月にございましたな」

まやは墓石の陰から腰を屈めたまま参道へと抜け、早足で茶屋町筋と本町筋の角のお店に急いだ。

その様子を霧子がじいっと見送っていた。


まやが尾州茶屋の店に戻ったのは昼九つ（十二時）過ぎのことだった。

「まやさん、ご苦労にございましたな」

と大番頭の三郎清定が奥向きの女衆を労《ねぎら》った。

「なんのことがございましょう」

と応じたまやの表情に緊張が漂っているのを見た三郎清定は、すうっ、と立ち上がると店の奥にある座敷に身を移した。するとまやが間をおいて姿を見せた。

「なんぞございましたような」

「清水平四郎様の名はいわねと申され、いね様はおこんが本名のようでございます」

まやが聞き届けたその経緯《いきさつ》を大番頭に報告した。

「やはり偽名でしたか。姓のほうは分かりませんか」

まやが顔を横に振り、

「大番頭様、いわね様なる武家は、先に身罷《みまか》られた西の丸徳川家基様と縁があった方のようにございます」

「なにっ、家基様と縁があった仁とな。敵であったか味方であったか」

「どうやら家基様の信頼厚き人物と聞こえました」

ほう、とまやの報告を受けた三郎清定が腕組みして沈思した。


その刻限、聞安寺の長屋の縁側ではお握りを三つ食し終えた磐音が正気に立ち返り、にっこりと満足の笑みを洩らした。

その磐音に霧子がまやの行動を報告した。

二

「尾州茶屋家は尾張徳川の細作の家柄、奉公人方も心得て動いておられよう。まやどのがわれらの話から正体を突き止めることがあったとしても、不思議ではあるまい」

磐音がしばし沈思した後、おこん、弥助、そして霧子の三人に洩らした。

「磐音様、名古屋を出ることになりましょうか」

おこんが案じた。

折角この城下で子を産む仕度がなったばかりの話だ。おこんの不安は致し方ないものだった。

「弥助どの、どう思われる」

「七分三分にございましょうな」

と弥助が言い切った。

「七分は名古屋に残ることが許されますか、弥助さん」

「おこん様、かりに清水平四郎様が江戸の直心影流尚武館道場の佐々木磐音と判明したとしても、尾張と紀伊の長年の確執からいって、尾張は佐々木家庇護《ひご》に回られるような気がいたします。七分どころか八分の可能性もございましょう」

「それならいいのですが」

おこんがほっと安堵の吐息を洩らした。

「おそらく弥助どのの考えは当たっていよう。なれど雹田平の動き次第では、名古屋にいることを遠慮すべき事態も考えられる。われらとの関わりが火種になって尾張藩と藩主宗睦様に迷惑をかけてはならぬ」

「はい、さようでございました」

おこんががっかりした様子を見せたが、

「あら、私としたことが旅の空で子を産むことを覚悟の前で江戸を出てきたものを、つい優しい言葉をかけられてそれに頼ってしまいました」

とすまなそうに詫びた。

「おこん、われら、俎板《まないた》の鯉《こい》じゃ。尾州茶屋家がなんぞ言葉にされるまで、これまでどおりの暮らしを続けようか」

と磐音が当面の心構えを提案し、

「それでよろしいのでしょうか」

「こちらから、われらはかくかくしかじかと名乗り出るのもおかしな話ではないか。尾張藩と尾州茶屋家の反応を見定めてから動いてもよかろう」

「いかにもさよう心得ます」

弥助が応じて、おこんと霧子が首肯《しゅこう》した。


その頃、茶屋町筋と本町筋の角に豪壮な店構えを見せる尾州茶屋の店でも、小さな動きが起こっていた。

大番頭の三郎清定と当代の清貴とが相談の上、三郎清定が急ぎ、尾張藩両家年寄の竹腰屋敷を訪ねることになったからだ。

竹腰家に訪《おとな》いを告げた三郎清定は長く待たされることもなく、竹腰山城守忠親との面会が許された。

「三郎清定、あの者の正体が知れたか」

と竹腰が顔を合わせるなり尋ねた。

俄《にわ》かの目通りに竹腰は推測したか、竹腰の勘のよさに三郎清定は訝った。恐れ入ります、と恐縮した三郎清定が、

「ご家老様、お察しのとおり清水平四郎様の一件にございますが、正体がしかと知れたわけではございません。うちの奉公人が小耳に挟んだところによれば、清水平四郎様の名はいわね、内儀はどうやらおこんというらしゅうございます」

「いわねにおこんな」

と竹腰が含みのある言葉で応じた。

「ご家老様、驚かれるのはこれからにございますぞ。いわねなる人物、三月ほど前に身罷られた西の丸徳川家基様に関わりのあるお方か、あるいはご家臣であった人物かと思われます」

三郎清定の報告を受けた竹腰は、しばし思案するように沈思した。

長いときが経過して、

「三郎清定、あの者、西の丸様の臣下ではない。家基様の剣術指南役であった人物だ」

と呟くような小声で言った。

「ご家老様、それは真にございますか」

驚かすはずの三郎清定が驚かされていた。

「江戸城近くの神保小路に直心影流尚武館佐々木道場があった。将軍家の道場のような家柄でな、数多《あまた》の幕臣、大名家の家臣子弟を門弟にして剣術を教えてきた。この佐々木家は徳川家と深い関わりを持ち、なんぞ事があれば、徳川のために働く家系と尾張藩でも承知しておる。幕臣ではないが徳川家股肱《ここう》の臣として各代の道場主は尊敬を集めてきた」

竹腰の言葉に三郎清定は返事をすることもできなかった。

細作の尾州茶屋家より早く竹腰が清水平四郎の正体を摑んでいた。それでも三郎清定は頭の隅から佐々木家に関する知識を絞り出した。

「当代は佐々木玲圓と申されませんでしたか」

「いかにもさよう。人物見識ともに優れた玲圓どのは、歴代の道場主の中でも将軍家におぼえめでたい御仁として知られていた。先の日光社参に際し、西の丸様は江戸に残るという習わしを破られた家治様は、佐々木玲圓どのを影警護にして、家基様の日光詣でを遂行なされた。この一事未だ公にはされておらぬが、御三家、幕閣内には知られたことじゃ。その折り、玲圓どのの手足となって働いた人物こそが佐々木道場の門弟坂崎磐音じゃ」

「坂崎磐音、にございますか」

「出は西国、豊後《ぶんご》関前《せきまえ》藩六万石の中老の家系。実父はただ今関前藩の家老職を務めておられる」

「どうりで、大久保家の陪臣などとはいささか様子が違いましたな」

「この坂崎磐音が佐々木家に養子に入って十代目を継ぐはずであった」

「なんとのう江戸からの風聞を思い出しました。西の丸様の剣術指南を務められたばかりか、家基様の信頼厚く、鷹狩《たかが》りにも微行なされたとか」

「さすがは茶屋家よのう。いかにもさようじゃ、三郎清定」

二人はしばし沈黙し、互いの考えと知識を整理し合った。

「家基様の不慮の死にはあれこれと噂が付きまとっておりますな」

「毒殺されたのではないかという風聞じゃな」

「いかにもさようにございます」

「おそらく間違いないところであろう」

「仕掛けたのは老中田沼意次様」

竹腰が沈黙のままに頷いた。

「佐々木玲圓どのとお内儀は、家基様に殉死されたという報告が尾張藩にも届いておる」

「迂闊《うかつ》にもそのことに思い至りませんでした。清水平四郎様は佐々木磐音様と考えてようございますな」

首肯した竹腰が、

「またお内儀は、江戸の両替商六百軒を束ねる両替屋行司今津屋の奉公人であったそうな」

と言い、今度は三郎清定がふんふんと頷き、尋ねた。

「竹腰の殿様、なぜその佐々木磐音様が偽名で尾張に滞在なさっておられますので」

「家基様の死の直後、尚武館佐々木道場は老中田沼様の強い意向があって潰《つぶ》されたそうな。佐々木磐音とおこんの夫婦は神保小路を出された。だが、田沼様はそれでも安心できなかったか、佐々木磐音に刺客を幾度も送って暗殺を企てたようだ」

「罪科《つみとが》があるなら、佐々木家では養父の佐々木玲圓様と奥方様が自死なされて、償うておられます。それをまた、田沼様はなぜ養子の佐々木磐音様にまで刺客を差し向けなされますな」

「磐音と申す仁、玲圓どのが養子にと願うたほどの人物じゃ。剣術人格見識とも衆に優れたお方であろう」

「いかにもさようです」

三郎清定は、未だ清水平四郎が佐々木磐音と同一人物であるとは、胸の中で完全に一致してはいなかったが、清水平四郎の落ち着いた言動を思い出して頷いていた。

「田沼様とその一派は、家基様を毒殺し、佐々木道場を潰しただけでは安心できなかったと思える。御養君御用掛《おんやしないぎみ》を命じられ、次の将軍を選んでおられる最中じゃが、家基様に忠義を尽くした佐々木家の養子どのが気にかかるらしい。こたびの旅も田沼一派の刺客を逃れてのことかと思う」

「なんとおいたわしいことにございましょう」

と思わず本音を洩らした三郎清定が、

「殿様、うちがご家老に後れをとった理由をお聞かせ願えますか」

「細作の家系を出し抜くのはいささか気持ちがいいと言いたいが、腹立たしいことがあった」

「それはまたどのようなことで」

「何者かが文机《ふづくえ》に、ただ今そのほうに話した経緯を記した文を残していきおった」

「殿様の文机にございますとな」

竹腰家の奥に気配も感じさせず忍び込む者はただ者ではない。

「雹田平なる署名が文に記されてあった」

「雹田平ですか。まさか異人ではございますまいな」

「分からぬ。節介をなしてなにを企んでおるのか」

二人はまた長い時間沈思した。

「雹田平が田沼意次様の刺客なら、清水平四郎の名で名古屋に滞在する佐々木磐音様を尾張の外に放逐するのが狙いではございますまいか」

「尾張領外に出たところを仕留めるつもりか」

「はい」

「家基様を暗殺した田沼のことよ。考えられなくもない」

「どうしたもので」

「三郎清定、尾張で佐々木磐音主従を保護せよと申すか」

「佐々木磐音様が江戸を逃れ、刺客に追われて逃げ込まれた尾張名古屋にございます。窮鳥懐に入《い》れば猟師も殺さずと申します。もし尾張が田沼様の手先の奮なる者の脅しに屈して領外に出したとなれば、世間は尾張をどう思いましょうな」

「世間というもの、いつの時代も判官びいき」

「それにございますよ」

「腹立たしいかぎりじゃが、紀伊の成り上がり者は一筋縄ではいかぬぞ。尾張藩にも尾州茶屋にもなにがしかの嫌がらせがこよう」

「圧力がかかるのは江戸にございますな」

「名古屋に田沼の刺客など入れてはならぬと申すか」

「成り上がり老中様のふぐりをしっかりと摑まえているのは、ただ今神田橋のお部屋様と呼ばれる賤《しず》の女《め》にございますそうな」

三郎清定は竹腰に先んじられた理由を知ってようやく落ち着きを取り戻し、頭を全力で回転させた。

「このこと、とくと考えねばなるまいて」

二人は何度目かの沈黙に落ちた。

「よし」

と竹腰が言い、

「殿様、肚が固まりましたか」

「清水平四郎のまま、尾張に逗留させよ」

「偽名のままに付き合えと」

「三郎清定、偽名ではない。われらはその名の人物として遇するだけじゃ」

「老中田沼意次様がじかに乗り出さぬかぎり、尾張名古屋は清水平四郎夫婦を受け入れるのでございますな」

「まず田沼様が表立って御三家筆頭尾張に注文をつけることはあるまい」

「のぼせ上がった成り上がり者ほど、身の程知らずもございませんぞ」

「殿にあやつの矛先《ほこさき》が向けられたとなれば、尾張は一丸となって田沼潰しに走ることになる」

と竹腰山城守忠親が言い切った。

殿とは九代藩主宗睦のことだ。

「微力ながら中島一族も同じ幕営に馳《は》せ参じます」

「よかろう」

と老獪《ろうかい》な二人が顔を見合わせてにんまりと笑い合った。

六つ（午後六時）前、聞安寺の長屋に尾州茶屋の遣いが訪れた。手代の玉吉の口上は、

「大変慌ただしゅうございますが、清水平四郎様、お店まで急ぎご足労願えませぬか」

というものであった。磐音は即座に、

「承った」

と答えた。すると玉吉はさらに言い足した。

「着替えは要りませぬとの大番頭様からの言伝にございます」

頷いた磐音は着流しの腰に大小を差し、おこんに、

「出かけて参る」

と声をかけた。

「どのような御用か存じませぬが、旅仕度は整えておきます」

おこんは囁いた。

「頼む」

長屋の土間に下りた磐音は表で待つ玉吉に、お待たせ申したと声をかけた。

玉吉が磐音を先導するようなかたちで墓地を抜けた。このほうが、本堂前に一旦出て山門へ抜けるより早かったからだ。墓地から参道にいきなり出て、山門に向かった。すると行く手を塞《ふさ》ぐように山門の陰から人影が姿を見せた。

浪人者か。侍五、六人だ。

「しまった」

と玉吉が後悔するように吐き捨てた。

磐音は、自らの身許が知れたことに関わり、尾州茶屋家から何事か忠言があるのではと急ぎの御用を察していた。

だが、待ち伏せがいるようではそれも違ったかと思った。となると雹田平の一味が新たな刺客を送ってきたか。だが、雹一味の刺客と尾州茶屋家とがどのような関わりを持つのか、磐音の脳裏を目まぐるしく考えが浮かんでは消えた。

「玉吉どの、あの者たちに心当たりがござるか」

「中部道場の門弟衆でございましょう。ただ今お店に、過日清水様が懲らしめられた中部相右衛門様と実父の鵜飼左膳様が、用心棒のごとき武芸者を連れて、陣羽織の掛け合いに参られておられます。それで大番頭様が、ひょっとしたら清水様のお力を借りるようなことがあるやもしれぬ、と私に使いを命じられたのでございます」

「あの者たちは玉吉どのを尾行してきたのでござるか」

「どうやらそのようです。抜かりました」

と答えた玉吉はすでに落ち着きを取り戻していた。

二人は待ち伏せの前に迫った。六人が二人を半円に囲んだ。

「中部道場の方々ですね」

玉吉が機先を制して問うた。だが、答えはない。

「なにか御用にございますか」

「過日、わが師に卑怯《ひきょう》未練な手で怪我をさせた借り、返させてもらう」

「それは違います。中部様が勝手に清水様に斬りかかられ、醜態をさらされただけにございます」

と玉吉が抗弁した。

「師は藩道場の麒麟児とうたわれたお方、どこの馬の骨とも知れぬ旅の者に後れをとるはずもなかろう。われら門弟が、代わりに仇を討つ」

「違いますね。ただ今中部様と実父の鵜飼様が、陣羽織の一件でお店においでになっております。清水平四郎様の助勢を阻むために言い掛かりをつけておられますな」

玉吉がさらに言い募った。

「ぬかすな、手代風情が」

六人が一斉に抜刀した。

「玉吉どの、それがしが代わりましょう。言葉で言うて聞く相手でもなさそうだ」

磐音がそれぞれ得意の構えで威嚇《いかく》する六人を見渡し、静かに包平《かねひら》の鞘を払い、峰に返した。

「こやつ、われらを舐《な》めくさっておるぞ。手足を叩き折っても構わぬ」

六人のうち、年長の門弟が仲間に命じた。

磐音は峰に返した包平を正眼に置いた。

夏の夕暮れの光を二尺七寸の刃《やいば》が受けて橙色《だいだい》に染まった。だが、着流しの磐音の五体から殺気走った気配など微塵《みじん》も窺えなかった。それが六人を逸《はや》らせた。

「こやつ、竦んでおるぞ」

居眠り剣法の「春先の縁側で日向ぼっこをしている年寄り猫」の構えを、竦んでいると勘違いした。

「死ね」

八双《はっそう》の斬り下ろしが磐音の左手から襲い来た。

ふわり
と磐音が、突進してきた相手の眼前に身を移して舞った。

相手の刃が無益に虚空を切り、磐音の峰打ちが胴を叩いて横手に飛ばし、一番手に続く二番手と三番手の間に身を割り込ませた磐音の剣が、肩口と腰を叩き、さらに残りの三人の間を、曲がりくねった路地に微風《そよかぜ》が吹き抜けるように舞った。

いや、玉吉の目には不動の清水平四郎に三人が吸い込まれるように近付き、勝手に倒れていったように見えた。

ぱあっ
と着流しの裾を翻らせもせず元の位置に飛び下がり、その足元に六人が倒れ伏していた。

「玉吉どの、お待たせ申しました」

という磐音の声は全く平静だった。

「清水様」

と玉吉が茫然自失《ぼうぜんじしつ》として呟いた。

「お店でお待ちでござろう。参りましょうか」

「はっ、はい」

と応じた玉吉が俄然《がぜん》張り切って、

「なんだか面白くなりました」

と磐音に言いかけた。

三

玉吉は磐音を尾州茶屋の裏口から案内して、台所から屋内に上げた。

さすがは尾張一の豪商、今津屋の台所と同じように広かった。

だが、中島家が武家の出で、今も尾張徳川のために細作を務めているせいか、商家の台所とはいささか造作や雰囲気が異なり、武張《ぶば》った造りになっていた。

商人ながら万が一のときは尾張徳川の陣営の一翼を担うつもりの台所造りか、と磐音は勝手に想像した。

磐音を見た女衆が夕餉の仕度の手を止めて、挨拶した。

磐音は黙礼で応じると玉吉に従い、店から奥へと通じる大廊下に出て、中島家の居間へと向かった。廊下が広くとってあり、意図的に曲がりくねって設けてあるところが、やはり細作の家の構造らしかった。

「清水様、こちらへ」

玉吉は無人の座敷を抜け、大廊下とは座敷を挟んで反対側に通じる小廊下に磐音を導き、さらに奥へと案内した。すると、

「尾州茶屋が尾張徳川家のために働いておるのは、藩内では知られたこと。昔も今も忠義を尽くす相手は尾張徳川家であり、藩主であろう。その家臣が互いにいがみ合うていては宗睦様に申し訳ないと思わぬか」

と初老の、温厚そうな声がした。

「鵜飼様、いかにもさようにございます」

武官である御番組頭の鵜飼家に婿に入り、家付きの嫁に軽んじられてきたという左膳だった。

「最前から申しておるとおり、鵜飼家では家康様より拝領の陣羽織が戻ってくればよいこと。少々傷《いた》んでおったり、汚れがあっても構わぬ。二百年近い歳月を経たものゆえ、古色がついたと思えばよいことだからのう。ただそれがのうては、鵜飼家が成り立たぬ。そのへんを主どの、大番頭、分かってくれぬか」

「鵜飼様、最前から幾度もお答え申し上げておるように、うちでは鵜飼様に持参いたし、用人様にご返却いたしております。二度同じものを返せと談判なされても無理にございます」

当代中島清貴の困惑しきった声が襖《ふすま》の向こうからした。

磐音と玉吉は襖の前に静かに座した。磐音は手に提げた備前包平を膝のかたわらに置いた。

「中島清貴、初代藩主以来の家系を鼻にかけて、あれこれと抗弁しおるか。父上があれほど是非を尽くし、道理を説いておられるのが分からぬか」

「中部様、分かりませぬ。何度でも申しますが、うちではご用人田尻様に返却しております」

中部相右衛門の声に大番頭の三郎清定が応じた。

「父上、尾州茶屋では歴代ご藩主の覚えがよいことを鼻にかけ、かようにのらりくらりと生温《なまぬる》い返答を繰り返すばかり。これでは埒《らち》が明きませぬ。今宵は力ずくでもこの家に隠し持つ陣羽織を探し出し、屋敷に持ち帰りますぞ」

「相右衛門、乱暴はならぬ」

「いいえ、父上、言うて分かる相手ではございませぬ」

「そなた、過日、何者とも知れぬ浪人者に恥をかかされたというではないか。そのような二の舞を繰り返してはならぬ」

「先日はいささか油断いたしました。本日はわが高弟を従えて参りましたゆえ、存分に暴れてみせます」

「さようなことが外に知れては御番組頭鵜飼家の恥。外聞も悪い」

「婿に入られたことを遠慮なさる父上は、外面を取り繕うあまりすべてに手緩《てぬる》うございます。ゆえに尾州茶屋が高を括《くく》った応対を繰り返すのです。商人《あきんど》に商人の分を心得させるにはこの手しかございませぬ」

中部相右衛門の大声がさらに甲高くなった。

「そのほうら、庭にしゃがんでおるばかりでは役に立つまい。それがしが許す、悪徳商人の根性を叩き直すためじゃ、存分に暴れてみせよ」

鵜飼と思える声が何事か叫んだが、

「そうれ、大暴れせえ。後悔さきに立たずということを身に染みて教えてやれ」

と喚く鵜飼家の次男の無法な声に掻き消された。

「中部相右衛門様、ご相談がございます」

「なにをいまさら申すか。この期に及んで金子を積んで事の解決を計ろうなどとは、姑息《こそく》にすぎるわ」

「おや、中部様は、金子で事の解決に応じることも考えられましたか」

「大番頭、その時期はとうに過ぎた」

「値が上がりましたか」

「おお、家康様ご愛用の陣羽織、千両箱の一つでは足りぬわ」

「二つにございますか、それとも三つなら手を打つ心積もりですか」

「三つならばなんとか考えようか」

「これ、相右衛門、なんということを申すか」

「父上、商人との交渉ごとは相右衛門にお任せあれ。いかに拝領の陣羽織とは申せ、世の中に値がつかぬものはございませんでな」

と中部相右衛門が父を言い負かすと、

「主、大番頭、かように父上まで御出馬なされた騒ぎだ。三つならば、わが鵜飼家では矛《ほこ》を納めぬでもない」

と宣告した。

「相右衛門、嘆かわしや」

と言う鵜飼の声と、

「ふっふっふ。とうとう正体を見せられましたな」

三郎清定が不敵に応じる声が襖の向こうで交錯した。

「なにを申すか。金子の額を持ち出したは大番頭、そのほうじゃぞ。武士をいつまでも誑かすとはいい度胸じゃ。中部相右衛門、もはや勘忍袋の緒が切れたわ」

相右衛門も立ち上がった様子があった。

磐音はかたわらに置いた備前包平をそのままに、着流しの腰に小さ刀だけで立ち上がると、玉吉が襖をすいっと開けた。

談判をなす一同の視線に磐音の姿が浮かんだ。

「おのれ、そこにおったか」

相右衛門が磐音を睨み付けた。

磐音は相右衛門の実父の鵜飼左膳に黙礼した。そして、視線を倅に向け直した。

「中部相右衛門どの、喉《のど》の具合はいかがでござるか」

「過日は油断をいたした。いや、そのほうが突然それがしに襲い来たゆえ不覚をとった」

「それは申し訳ないことをいたしました」

「清水平四郎、女房と奉公人を連れての伊勢参りの道中じゃそうな。早々に名古屋を立ち去ればよし。これ以上、尾張に逗留するとなると、藩に命じて不逞《ふてい》の者として追いたてるぞ」

「そなた様は、影ノ流藩道場で一時は麒麟児と呼ばれた剣の遣い手であったとか。ただ今では藩道場も持て余しておられましょうな」

「他国者が藩道場など持ち出すでない。尾張影ノ流は天下の剣、お伊勢参りのついでに入門を願う者などに扉は開かれておらぬわ」

「それがし、道場主石河季三次様のお許しを得て、客分として道場での稽古を許されておる者にござれば、そなた様に脅迫される謂れはございませぬ」

「客分などと虚言を申すな」

「いえ、中部様、清水様が藩道場で稽古なさること、両家年寄竹腰山城守忠親様もお認めにございますぞ」

三郎清定も言い添えた。

「そのような馬鹿げたことがあろうか」

と叫んだ中部相右衛門が足袋《たび》裸足《はだし》で庭に飛び下りた。

「失礼いたします」

座敷の一同に会釈した磐音は、座敷の端を周り、縁側に出た。

広い庭に夏の残照が漂い、泉水に流れ込む滝の水を濁った血の色に染めていた。

庭には中部相右衛門を中心に七人の中部道場の高弟がいた。

「東与兵《あずまよへい》、そのほうに先鋒《せんぽう》を命ずる」

相右衛門が叫ぶと、二十三、四歳と思える若武者が木刀を翳して沓《くつ》脱ぎ石に飛び上がりざま、縁側に立つ磐音に振り下ろした。

磐音は木刀を避《よ》けようともせず、上体だけの緩《ゆる》やかな捻《ひね》りで躱すと、体のかたわらに落ちてきた木刀を握る腕を掻い込み、
ぽーん
と東与兵の体を庭に突き飛ばした。

清水平四郎がどのように体を舞わせ、手足を動かしたか、座敷の鵜飼には見えなかった。体術と思えるその動きは狂言師の動きのようにゆるゆるとしたようであったが、眼前に起きたことは軽々と若い武術家を倒していた。緩慢に見えた動

きに尋常ならざる迅速が秘められて、なんとも不思議な動きだった。

派手に尻餅をついた東に、

「この役立たずめが、どけ、どかぬか」

と兄弟子らが一番手の失態に怒り、一斉に真剣を抜き放った。

磐音の手にはいつの間にか、東与兵から奪い取った赤樫《あかがし》の木刀があった。

片手の切っ先で庭の面々を制した磐音は、

「履物、お借り申す」

と沓脱ぎ石に置かれていた庭下駄を履き、静かに庭に下りた。

すると中部道場の面々がぐぐっと間合いを詰めてきた。だが、その面体《めんてい》には、尾張藩道場の客分と磐音が宣告した言葉に臆した表情も見えた。

磐音は中部相右衛門が門弟衆の背後で夏羽織を脱ぎ棄てたのを見ていた。どうしても腕ずくで事の解決を図る気のようだった。

「お相手いたす」

その瞬間、門弟衆の背後の滝に映った残照がすうっと消えた。あとは座敷の行灯《あんどん》から洩れる光がおぼろに、尾州茶屋の奥庭に差しているだけだ。

磐音は片手正眼に木刀を保持した。その背から行灯の淡い光が差して、磐音の動きと表情を隠していた。

「伊崎《いざき》、こやつの奇怪な構えに嵌ってはならぬ。六人で攻めよ。動き回って叩きのめせ」

中部相右衛門が命じた。

「はっ」

と答えたのは磐音の正面に立った門弟だった。背丈は五尺三、四寸だが、腰回りと胸が大きく、手足ががっちりと太かった。

径が太い樫の木刀が両手に立てられた。

陰の構え、八双だ。

磐音は片手正眼の構えを崩すことなく六人の動きを見た。伊崎が動きの先陣を切ると見せかけて、左右から同時に押し寄せてくると読んだ。

片手正眼の木刀を左手に移した。

誘いに乗って左側の二人が踏み込んできた。

その瞬間、磐音は右に飛び、左側に引き回した木刀で二人の門弟の腰と脇腹を殴りつけていた。六人の陣形が崩れて、伊崎が磐音の前に出てきた。

磐音は木刀にようやく右手を添えた。

間合いは一間とない。

八双と正眼、陰陽の構えが互いを見合ったのは一瞬だった。

伊崎と磐音が踏み込み、八双の剣が虚空を切り裂いて磐音の眉間《みけん》に落ちてきた。

磐音の木刀が、鋭くも振り下ろされた伊崎の刃の鎬に擦り合わされたかに思えた瞬間、伊崎の剣は弾き飛ばされて泉水に水しぶきを上げて落ちていった。

素手で立ち竦む伊崎のかたわらをすり抜けた磐音は、伊崎の後詰《ごづ》めに回った三人に襲いかかると、浮き腰で剣を振るう三人を手加減しながら打ち据えた。

一瞬の早業を演じた磐音が、
ふわり
と元の場所に飛び下がった。

庭下駄を履いた者の動きとも思えぬほどに敏捷《びんしょう》で、物音ひとつ立てなかった。

「伊崎、下がれ！」

激怒した中部相右衛門が剣を抜いて、磐音に迫った。

磐音は再び片手正眼に戻し、相右衛門と相対した。

「ま、待て。両者、待たぬか」

座敷の鵜飼左膳が叫ぶと縁側から飛び降り、相右衛門の刃の前に両手を広げて立ち塞がった。

「相右衛門、刃を引け！」

「なりませぬ、父上。不逞の他国者に後れをとっては中部相右衛門の恥。延いては鵜飼家の恥にございますぞ」

と相右衛門が叫んだ。

「相右衛門、もう十分に恥をかいておる。父は、そなたを養子に出した中部家に申し訳ないと思うておる」

「なんと申されましたな、父上。武官の家柄に生きる者、剣で後れをとることがなによりの恥辱にございますぞ」

「剣を振るう者には邪《よこしま》な考えが寸毫もあってはならぬ。そなた、ただ相手を打ちのめす道具と考え違いをしておるな。剣は技や力ではない、刃に宿る正しき心魂があればこそ武芸者の剣となる。その心がない刃は無法、邪の剣じゃぞ」

火を吐くような父の戒めの言葉だった。

「父上、おどきなされ」

「そなたの育て方をどこでどう間違えたか。それほど剣を振るいたくば、父を斬った後にせよ」

鵜飼左膳の気迫の籠った忠告に相右衛門が立ち竦んだ。

「父上！」

と叫んだ中部相右衛門は剣を引くと門弟らに、

「役立たずどもが。帰るぞ！」

と怒鳴り、尾州茶屋家の奥庭から姿を消した。

重い沈黙がしばらくその場を支配した。

磐音が木刀を縁側に立てかけた。

「ふうっ」

座敷に背を向けていた鵜飼左膳が大きな息を吐いた。そして、哀しげに肩を落とすとくるりと磐音を振り向き、

「醜態を見せてしもうた。倅の恥は親の恥じゃ。許されよ」

「なにほどのことがございましょう」

と磐音は鵜飼左膳の胸中を思い、それだけしか答えられなかった。

急に年老いたかに見える左膳は沓脱ぎ石の上で足袋を脱ぐと、縁側に上がり、

「尾州茶屋に迷惑をかけてしもうたな。この一件、後日改めて詫びに参る」

と中島清貴に言い、廊下から表に去ろうとした。

「鵜飼様、暫時お待ちくださいませ」

と清貴が引き止め、

「老いた身になんぞまだあるか」

と左膳が呟くように言うと、清貴が、それまで鵜飼左膳が座っていた座布団を手で差した。

「しばらくの間にございます」

と言った清貴が、

「大番頭さん、あれを」

と何事か命じた。すると心得た三郎清定がその場から一旦姿を消した。

「清水様もこちらに同席なさってくださいませ」

清貴が言い、鵜飼は元の場所に、磐音は縁側近くに腰を落ち着けた。

「主、すべての因《もと》はこのわしにある」

「なにを仰いますな、鵜飼様」

「そなたらも承知であろう。それがし、鵜飼家に婿養子に入ったことをな」

「室町左膳様のお人柄と剣術の技を見込まれて、鵜飼家に入られたのでございましたな」

「室町家は新番七十三俵、御番組頭鵜飼家五百石とは家格が違った。それゆえ、それがしは妻《さい》にも舅《しゅうと》どのにも姑《しゅうとめ》どのにも遠慮して生きてきた、それが波風の立たぬただ一つの法と思うてな。じゃが、世間では小糠《こぬか》三合あれば入り婿するなと申すが、あれは真じゃな。尾州茶屋、妻どころか子にも軽んじられる父親になってしもうたわ」

「屋敷の中で鵜飼様がどのようなお立場にあるかは存じませぬ。御番組頭鵜飼左膳様は、気骨のある士として藩内に評判にございます」

「それもこたびのことですべて地に落ちた。それがしは、鵜飼家の家宝たる神君家康様拝領の陣羽織を失うた当主じゃからのう」

鵜飼左膳が言うところに、大番頭の三郎清定が両手に紫の布包みを捧げ持って戻ってきた。

「ご覧なされませ、鵜飼様」

三郎清定が鵜飼の前で包みを開いた。するとそこに陣羽織が姿を見せた。

「おおっ、これは鵜飼家伝来の陣羽織。やはりこちらにあったか」

鵜飼左膳が訝しげな顔をした。

「鵜飼様、私どもの話をしばらくお聞き届けくださいい」

と大番頭が願い、

「かように、陣羽織は手入れ以前のものにございます。うちで手入れにと預かった陣羽織は偽物でございました。それゆえすぐに鵜飼家にお返しいたしました。偽の陣羽織の修理などできませぬからな」

「偽物であったとな」

「はい」

「それであっても、用人は受け取っておらぬと申すし、相右衛門はそもそもこちらに修膳を頼んだのはそれがし、なぜ相右衛門自身に渡してくれぬかと言うておる」

「鵜飼様、その問答はもはや繰り返しませぬ。この本物の陣羽織がどこにあったかを申します」

「聞かせてくれ」

「広小路の柳薬師の裏手に質商の小伊藤屋がございます。その質蔵に預けられておりました。この数日、うちが城下じゅうを聞き廻り、探し回って見付けたものにございます」

「尾州茶屋、預けた者はたれか」

「中部家に小伊藤屋の番頭が呼ばれ、相右衛門様立ち会いのもと、鵜飼家の用人が質入れしたことになっております」

「なんとな。鵜飼家ではそのようなことを用人に頼んだ覚えはないぞ」

「鵜飼様、言い難いことにございますが、中部様が金子に窮して鵜飼家の陣羽織を用人に命じて持ち出させ、金八十両で質入れしたものにございます。すでに約《やく》定《じょう》の時期を過ぎて利息も払い込まれず、陣羽織は小伊藤屋のものにございました」

「なんということが」

「もし真偽をお確かめになりたくば、小伊藤屋に尋ねてください」

鵜飼左膳は茫然自失の体で沈黙した。長い無言の時が流れ、

「なんということが」

と再び同じ言葉を呟いた。鵜飼左膳は事情を悟ったのだ。

「尾州茶屋、迷惑をかけた。最前も申したが、詫びは後日いたす。この身に替えてもな」

と蹌踉《そうろう》と立ち上がった。

「お忘れものにございます」

と中島清貴が言った。

「忘れ物とな」

「鵜飼家の陣羽織にございます」

「なにっ、この陣羽織を持てと申すか。質商から買い取ったは尾州茶屋、そなたであろうが」

「神君家康公から拝領なされたは鵜飼家の先祖にございます」

立ち竦んだままの鵜飼左膳がよろよろとその場に座り、

「相すまぬ、尾州茶屋」

と悲痛な声を張り上げた。

四

「清水様、ご足労をおかけいたしましたな」

と三郎清定が磬音に言った。

鵜飼左膳が陣羽織をありがたく頂戴して、尾州茶屋家の奥座敷から姿を消した後のことだ。

「手代の玉吉に聞いたところ、聞安寺にも中部道場の者が現れ、清水様を足止めしようとしたそうです、旦那様」

　と三郎清定が主に報告した。

「中部様はさように小賢《こざか》しい知恵をどこで身につけられましたかな。実父の左膳様は、家中でも気骨の知られた御番衆の一人、その左膳様を軽んじてこられた鵜飼家がもたらしたことでございましょうかな」

　と清貴が呟き、

「清水様、たかが陣羽織されど陣羽織。家康様拝領と代々伝えられてきた品が、この尾張名古屋にはかなりの数伝わっております。どの屋敷でも家宝として大事にしておられますが、時には内所が苦しくて質屋の蔵に入った品はございましょう。されど質流れした品は、鵜飼家の陣羽織が初めてかもしれませぬ」

　と嘆息した。

「主どの、いずれも武家は内所が苦しゅうございます。中部様のなされたことは言語道断にございますが、察しはつきます」

「清水様は理解のあるお武家様にございますな」

「いずこも似たり寄ったりにござるゆえ、そう心得ました」

磐音にとって武家方の内所の困窮は、旧藩関前や今津屋を通して承知していた。だから、磐音の知識と理解は一武家のそれを超えていた。

「清水家もさようにございますか」

「主どの、大番頭どの、かような世の中に、女房が懐妊したとしてお伊勢参りに出てこられる清水家を訝っておられましょうな。清水家ではお伊勢様信心が篤いこともございますが、いねの実家の内所が豊かにござるゆえ、かような神信心もできるのです」

「いかにもさようでございましょう」

と清貴が軽く応じて、

「とは申せ、旅の空の下、ご懐妊のお内儀と奉公人の四つの口を養うていくのは大変にございましょう」

「主どの、大番頭どの、あれこれとお心遣いをいただき、真に恐縮千万にござる」

「本日、清水様をお呼びいたしましたのは鵜飼様の一件のみに非ず。清水様の温厚篤実なお人柄と剣技を見込んで、尾州茶屋のために働いてはいただけぬかと存じましてな」

「いえ、清水様の体面に関わると言われるのであれば、主からの申し出はお忘れくださいませ。余計なお節介を主に願うたのはこの三郎清定にございますでな、年寄りに免じてお許しください」

「大番頭どの、たれがそのようなことを考えましょうか。ありがたい申し出と、清水平四郎、感激して言葉もござらぬ」

と応じたものの、磐音は対面する二人の顔を見て、

「それにしても、それがしにできることはせいぜい木刀を振り回すことくらい、他には取り得もござらぬ」

と言った。

「清水様、その腕をうちでは買いとうございます」

「なんぞ役に立ちますかな」

「過日、うちの商いについて、およそのところはご説明申しあげましたな」

と大番頭の三郎清定が磐音に言った。

「清水様、その他、うちの噂を耳になされたことはございますかな」

いえ、と磐音は顔を横に振ってみせた。尾州茶屋が細作の家系ではと口にできるわけもない。

「茶屋家は、徳川の御用達商人として諸大名方とお付き合いしてきた関わりがございましてな、武家方ができかねる内務を任されて参りました。これは京の本家も尾張の分家も同じにございます。ために茶屋の家は細作と噂をされる方もございます」

「真にございますか」

「清水様ゆえ正直にお答え申します。ある面では当たっております。ただし戦国時代や江戸の初めと違い、幕府開闢《かいびゃく》以来二百年近くの時が経過しますと、細作の仕事もいささか事情を異にいたします」

と大番頭が磐音に言った。

「もはや徳川の幕藩体制に弓を引こうという大名家はございますまい。江戸であれ、大坂であれ、この名古屋であれ、商人の助けなくして武家方は立ちゆきませぬ。武より商に重きを置いた細作御用にございます」

と三郎清定が言い切り、磐音は頷いた。

「うちは表立った看板は呉服問屋にございますが、あれこれと商いに手を出しております。尾張徳川を支える木曽の美林売買もその一つにございます。ために時に見廻りのため、大番頭の私が出かけることがございます」

「信州木曽にございますか」

「いえ、贄川《にえかわ》、奈良井村、萱《かや》ケ平《だいら》、福島村、妻籠《つまご》村下り谷巡りは、年の暮にございましてな、中山道美濃太田宿までにございます」

「どれほど日数を要しましょうか」

「あれこれと用事を済ませていきますで、美濃太田往復七、八日ほどにございましょうかな。清水様、私に同道していただけますかな」

「出立《しゅったつ》はいつにござろうか」

「できれば明後日、七つ（午前四時）発《だ》ちを考えております」

磐音と大番頭の三郎清定の間で話が進んだ。

「お内儀様は城下に留まることになりますが、心配ではございませんか」

清貴が磐音に質《ただ》し、

「清水様のお留守の間、この家の裏手にいくつか家作があります。よければ聞安寺からうちに移られませぬか。さすればお内儀様のこと、うちでもお手伝いができますがな」

「主どの、ご存じのように供を二人従えておりますので、案ずることはございますまい」

と磐音が遠回しに断った。

名古屋をいつ離れるか知らぬ身だった。余りにも尾州茶屋家に世話になるのは、あとでお互いが困ることになると思ったからだ。まして、田沼意次の刺客雹田平がすでに磐音らの仮の住まいを承知しているのだ。すぐに行動を起こす気ならば、わざわざ針糸商いの女を警告に立てたりはすまい。一気に聞安寺を襲ったはずだ。それをしないのは、雹田平側に磐音を討つ仕度がなってないか、御三家筆頭尾張徳川家に遠慮してのことだと考えた。

おこんに弥助と霧子を残せば、おこんを護る術《すべ》は二人が考えるはずだと思った。

「ならばうちでも聞安寺に人をやって、お内儀様の様子を見させます」

「恐れ入ります」

と磐音は返答をした。

「清水様が同道してくださるのはなんとも心強いことです」

「大番頭どの、それがしが同道するには理由がございますか。もしあればお聞かせ願いたい。なんぞ起こったときに素早く対応できますゆえ」

「清水様、川沿いの木材問屋に支払いやら掛けとりがございますで、それなりの金子を馬の背に積んでおります。手代二人に目を離させませぬが、街道の護摩《ごま》の灰が狙わぬとも限りませぬ。しかしまあ、格別になにがあるわけではございません。清水様、叔父御の話し相手と思《おぼ》し召しください」

と清貴が言った。

「承知いたしました」

と受けた磐音は、早々に辞去することにした。

「夕餉前にございましょう。清水様をお働かせ申し、そのままお帰りいただくわけには参りませんよ。のう、叔父御」

と清貴が大番頭に言った。

「清水様、うちで夕餉を召しあがっていかれませぬか」

「お心遣い痛み入ります。されど、慌ただしく長屋を出て参りました。明後日から旅に出るとなれば、本日は早く戻って女房を安心させとうございます」

「仲が宜しいことで。これではお引き留めもなりませぬな」

と清貴が応じて、磐音は中島家の奥座敷を辞去した。すでにお店は表戸を下ろしていたが、三郎清定に見送られて潜《くぐ》り戸から本町筋に出た。

「清水様、今宵の働き賃、美濃行きの礼金と一緒でようございますか」

「大番頭どの、今宵のことは斟酌《しんしゃく》めさるな」

「そうはいきませぬ」

と三郎清定は答えながら、お内儀様に宜しくお伝えくださいと見送った。

潜り戸を閉じた大番頭はしばしその姿勢で考え込み、手代の実三郎《じつさぶろう》を呼ぶと小声で、

「清水様が聞安寺に無事お帰りかどうか確かめておいでなされ」

と命じ、潜り戸が薄く開けられ、細身の手代が夕闇《ゆうやみ》に紛れるように姿を没させた。

三郎清定は、広い店先を見回した。

大勢の奉公人が得意先から戻り、その日の売り上げを一番番頭の和蔵《わぞう》に報告したり、帳付けをしたりしていた。尾州茶屋の一日の終わりを告げる、いつもの光景だ。

「ご一統、一日ご苦労にございましたな」

潜り戸の前に未だ佇む大番頭が声をかけた。

手を止めた奉公人が、尾州茶屋を実質的に仕切る大番頭中島三郎清定を見た。

「なんぞ変わったことを耳にしませんでしたかな」

この問いは呉服問屋の大番頭の問いではない。細作の尾州茶屋の大番頭の問い

だった。

一番番頭の和蔵が、

「大番頭様、私のところには未だなんの報告もございません」

と答えた。

頷いた三郎清定が、広い板の間に座して反物を前にした奉公人を見回した。だが、どの顔にも大番頭の問いへの反応は見られなかった。

視線が土間に移った。

土間の隅に、堀川中橋際にある尾州茶屋の出店の船頭が独り控えていた。出店は船で仕入れる荷を受け取り、送り出すための船着場付きの蔵屋敷だ。

何事か報告に来たが、番頭手代の報告が終わるのを待っている風情だった。

「飛蔵《とびぞう》、なんぞ御用があって店に来られたか」

「へえ、お答えします。四間道の裏路地の一膳飯屋で、奇妙な噂を耳に挟みましてございます」

「言うてみよ」

「なんでも、先に亡くなられた家基様に関わりの剣術家が名古屋城下に入り込んでいるとか、噂する者がいるそうにございます」

「噂の主はたれか」

「京の針糸売りの女とか」

「おもしろい話じゃな。先はないのか、飛蔵」

「女が言うには、なんでも老中田沼意次様の逆鱗《げきりん》に触れた剣術家とかで、女房連れで逃げているそうにございます」

店の中に緊張が走った。

「女め、田沼意次様の密偵か」

「未だわっしはその女に直《じか》に会うておりません」

「飛蔵、その女を引っ捕えてみぬか。その女がなにを企んでそのような風評を城下に流すか、分かるやもしれぬ」

「畏まりました」

「皆も聞いたな」

「はい」

と一同が声を和して答えた。

「飛蔵が申した女の他に、雹田平と名乗る田沼意次様の手の者が城下に潜入しておるやもしれません」

「大番頭様、雹なる人物、唐人にございますか」

と一番番頭が問い返した。

「名からして唐人ともとれる。あるいは和人やもしれぬ。なんぞ聞き込んだ折りには即刻、お店に報告なされ」

はっ、と全員が畏まった。


磐音は聞安寺の山門前に辿《たど》り着いたところだった。尾州茶屋を出たところから何者かが尾行している気配を感じていた。

田沼一派の刺客雹田平の手の者かと考えた。だが、まるで殺気を感じられぬところから、尾州茶屋の大番頭が命じた見張りと考えた。それにしてもなぜ尾州茶屋の秘匿すべき細作の仕事に清水平四郎を願ったか。

磐音は、ひょっとしたら清水平四郎、いね夫婦の正体を、尾州茶屋家の主も大番頭も承知したのではないかと考えた。となれば、当然尾張藩の一部、竹腰山城守忠親らも知っていると考えるべきではないか。

尾張藩は徳川家基の元剣術指南役佐々木磐音をどう取り扱うか。

しばし山門前に立ち止まり、考えに落ちた。

自ら身分を名乗ることが是か非か。

もし尾張藩も尾州茶屋家も磐音の正体を知ってそのことに言及しないのであれば、こちらから名乗ることはあるまいと考えた。

となれば今一度この問いに立ち戻る。尾州茶屋家が申し出た美濃行きの仕事はなんのためか。

尚武館佐々木道場の後継と承知したことと、この御用の関わりがあるのかないのか、磐音は迷った末に敢《あ》えて結論を出さなかった。

時がくれば分かるはずだと覚悟を決めた磐音は、山門の表戸脇の潜り戸を引いた。

その瞬間、殺気が疾《はし》り、磐音の胸に槍《やり》の穂先が突き出された。

磐音は引きかけていた戸を叩き付けるように閉じた。迫ってきた穂先が潜り戸の厚板に弾かれて横手に流れた。

ぐいっ
とさらに潜り戸を押し付けると、穂先が千段巻《せんだんまき》でぽきりと折れた。

槍の柄が引かれて、投げ捨てられた物音がした。

磐音は潜り戸の下に落ちた穂先を拾うと再び戸を開いた。

相手が態勢を立て直してか、潜り戸から数間離れたところに身を移していた。磐音は潜り戸の左右に人の気配がないことを察し、ゆっくりと敷居を跨いで境《けい》内《だい》に身を入れた。

聞安寺の閉じられた山門内部の柱に吊《つ》るされた提灯《ちょうちん》の灯《あか》りが、待ち伏せの姿をおぼろに浮かばせた。

「中部相右衛門どの」

と磐音が呼んだのを、尾州茶屋の手代実三郎は聞いた。

潜り戸の向こうに磐音の背があり、中部相右衛門の姿は見えなかった。

実三郎は聞安寺の築地塀《ついじべい》に目をつけると瓦《かわら》屋根に手をかけ、飛び乗った。すると、襷がけの中部相右衛門が刀を抜き放ったところだった。

清水平四郎は、折れた槍の穂先を手に潜り戸の前に立っていた。

「中部どの、実父鵜飼左膳様のお気持ちを考えなされ。おのずと道は知れようものを」

「ぬかせ、旅の武芸者などに後れをとってよいものか」

「陣羽織はすでに鵜飼家に戻っておりますぞ」

「なに、虚言を弄するでない」

「そなたと鵜飼家の用人が組み、小伊藤屋なる質商に本物の陣羽織を入質したことも、利息が払えず品が流れたことも、さらには偽物の陣羽織の手入れをと尾州茶屋に願って、返却されたにも拘《かかわ》らず大金を騙《だま》しとろうとしたこともすべて、判明しており申す。本物の陣羽織は、主の中島清貴様と大番頭三郎清定様のご厚意で鵜飼家に返却されており申す」

中部相右衛門が罵《ののし》り声を上げた。

「そなたが真っ先になさるべきは、父御左膳様にお詫びなさること」

「斬る」

と中部が剣を立てた。

「もはやこれ以上の勝負は無用にござる」

「いささか、油断があって後れをとった。佐々木磐音か、いやさ、坂崎磐音と呼ぼうか」

と中部相右衛門が驚くべき言葉を吐いた。

「そなた、それがしを承知か」

磐音もいささか驚きの念を禁じえなかった。

「江戸は尚武館佐々木道場の後継であったそうな」

「それを知って、そなたなにをなさろうとしておられるか」

「おぬしの首を得て江戸に上がり、老中田沼意次様にお目にかかる」

「刺客雹田平に唆《そそのか》されたか」

「言うな！」

叫んだ中部相右衛門は、立てた剣をさらに夜空に突き上げた。

磐音は動かない。

ただ尾張徳川家の影ノ流藩道場で麒麟児と謳《うた》われた剣術家の末路を憐れみ、無性に哀しい気持ちに落ちた。

「死ね！」

と叫んだ中部が一気に間合いを詰めて磐音に押し寄せてきた。

磐音は手にした槍の穂先を、突進してくる中部相右衛門の喉首《のどくび》に投げた。

狙いたがわず、穂先が目を血走らせた中部の喉に突き刺さった。足をもつれさせるようによろめくと、磐音のかたわらに崩れ落ちていった。

磐音はしばらく中部相右衛門の断末魔を見ていたが、弥助に亡骸《なきがら》の始末を相談しようと長屋へと急いだ。

弥助と山門内に戻ってきた磐音は、中部相右衛門の骸《むくろ》が消え、折れた槍の柄も山門の柱の提灯も消えているのに気付かされた。

「若先生、どうしたことで」

「始末をつけてくれたとしたら、尾州茶屋の奉公人か。となると、それがしの身元が尾州茶屋に知られたことになる」

磐音は中部相右衛門が死を前にして、磐音を、

「佐々木磐音か、いやさ、坂崎磐音と呼ぼうか」

と言ったことを弥助に告げた。しばらく沈思した弥助が、

「ちょいと様子を見て参ります。わっしらの行動はそれからでようございましょう」

と言い残し、潜り戸から姿を消した。

磐音は再び旅路に戻ることを思いつつ長屋に向かった。

第四章　美林横流し

一

強い陽射しのせいか、両国橋は人の往来が絶えていた。大川に架かる橋の中でも人馬乗り物の往来がいちばん賑やかで、夜半の何刻かは別にして、絶えまなく往来があった。

布袋に入れた三味線を手にした鶴吉《つるきち》は足を止め、陽炎が立つ両国西広小路の方角を見た。

熱く熱せられた空気が揺らいでいた。だが、橋の上は水上からの冷気でなんとか涼を保っていた。

一日のうちでいちばん暑い八つ（午後二時）過ぎの刻限だ。

めらめらと燃える陽炎の中から人影が生まれた。頰被《ほおかぶ》りをして、継ぎのあたった縞《しま》の単衣《ひとえ》の裾をからげて海老茶《えびちゃ》の股引《ももひき》を穿《は》いた男が、頭上に大きな円を作ってみせた。それがぐいっと伸びて楕円になった。

男の売り声が熱風に乗って鶴吉の耳にかすかに届いた。

「さあさあごろうじませ、これがくものかけはし、かすみにちどり、およびでないとて思うまいか。アイヤ、ハリトウハリトウ」

玉すだれ売りの売り声だった。

鶴吉はかあっとした陽射しに打たれながら、両国橋を東から西へ渡りきろうとしていた。

この日、昔、世話になった横川の隠居から使いが来て、三味線の具合がおかしいので手入れをしてくれないかとの口上を受けた。

ために鶴吉は朝の間に仕事を片付け、涼しいうちに竹屋ノ渡しで川向こうへと渡り、何年かぶりに会う隠居から父親が造った三味線を預かり、両国橋を渡り戻ろうとしていた。

隠居のところで早い昼餉を馳走《ちそう》になり、もう一軒思い付いて立ち寄ったので、日陰もない時刻に橋を渡ることになった。

玉すだれ売りの声がだんだんと鶴吉のほうへ近付いてきた。

「たけ田おうみのつもりざいく、玉すだれの早や変わり、おこさま方のおなぐさみ、さあさ、南京玉すだれ」

竹を割って簾《すだれ》状に編んだもので、両端の動かし方であれこれと形が変わった。この玉すだれは子供の玩具《おもちゃ》で、一つ四、五文で商った。

「玉すだれ屋さん、人なんぞたれもいねえぜ」

「こりゃ、長年の口上でしてね、こいつがないと町中を歩けませんので」

「なんでも商売になると体に染み込むもんだな」

「この暑さだ、だれからも声がかからねえや。旦那、買ってくんな」

玉すだれ売りが鶴吉に願った。

「玉すだれな」

と浅草聖天町《しょうでんちょう》の家で待つ子のことを思った。

「暑さの下で出会うのもなにかの縁だ。うちの餓鬼に買っていこう」

「へえ、有難うございます」

と胸の前に吊るしていた竹笛をぴいぴいと吹き鳴らして景気をつけたが、暑さが募ったばかりだ。

「玉すだれ屋さん、二つくんな」

「これはこれは景気のよいことで」

玉すだれ売りがくるくると二つを丸めて鶴吉に差し出した。鶴吉は、小脇に三味線を抱え直すと、ちょいと待ちなと巾着《きんちゃく》から掌《てのひら》に銭を出し、十五、六文あるなと目分量で数えた。

「ほれ、受け取りな」

陽に焼けた手に銭を渡してようやく鶴吉は玉すだれを受け取った。

「旦那、銭が多いぜ」

「暑さ賃だ」

「ありがてえ。これで景気がついた」

「しっかり稼ぎな」

「旦那も、いい客だといいね」

鶴吉を幇間《ほうかん》か男芸者かと見違えたか、玉すだれ売りがまた熱気の中に売り声を気だるく響かせて遠ざかっていった。

橋を渡り切った鶴吉は玉すだれを届けるお店に向かって足を速めた。

遠回りして両国橋を渡ろうと考えたのは、横川の隠居のあとに訪ねた先と関わりがあった。だが、確《しか》と決めたわけではなく、玉すだれを買う気紛れを起こしたとき、思い迷った先を訪ねようと気持ちが定まった。

米沢町の角に分銅《ふんどう》看板を掲げる両替商今津屋の店先も時が止まったようだった。老分《ろうぶん》番頭の由蔵《よしぞう》は帳場格子《ごうし》の中からゆらめく広小路を眺めていた。何人か歩いているばかりで、いつもの賑わいはない。

朝から小僧らに店先に打ち水を何度もさせたがすぐに蒸気と化し、却って暑くなっていた。

江戸じゅうが暑さに仮死したようで活気がなかった。

（このような陽射しのもと、旅するのはさぞやお辛《つら》かろう）

と由蔵は箱根の向こうを旅する二人の男女を思った。

つい先日、小田原宿の脇本陣小清水屋右七《わきほんじんこしみずやゆうしち》が娘のお佐紀《さき》に文をくれた。文の内容を知ったお佐紀は、吉右衛門《きちえもん》と由蔵を呼び寄せ、二人の前で改めて文を読んだ。

時候の挨拶の後、孫の一太郎《いちたろう》が大きくなったであろうなどと爺様《じい》の思いが書き連ねられた後に、驚くべきことが記されてあった。

右七が佐々木磐音とおこんの箱根関所越えを手伝った経緯《いきさつ》が克明に記されてあったからだ。そして、その文にはおこんが懐妊していることが告げられてあった。

「このような苦難の道中の最中にやや子を宿しておられるとは、おこん様も不安でしょうね」

とお佐紀が呟いたものだ。

男二人はお佐紀の言葉をしばらく黙って考えていたが、

「お佐紀、考えようによっては、佐々木様とおこんさんの励みになるのではございませんかな」

と吉右衛門が言い出した。

「そうでしょうか。私は小田原からこちらに嫁に来て、恵まれた暮らしの中で一太郎を産みましたが、それでも正直、生まれ育った土地でお産ができたらどんなに安心かと考えました」

「お佐紀様、男衆《おとこし》の私どもと女衆《おんなし》の感じ方は、やはり山と谷底の違いでございますな。いくら佐々木様が気遣いの人とは申せ、お産となるとおこんさんも話し辛いことでございましょう」

由蔵が思わず溜息《ためいき》とともに洩らした。

「旦那様、老分さん。文の最後に、小田原藩陪臣清水平四郎様、いね様の偽名で旅するお二人は今頃京辺りに到着かと存じ候、とあります」

「いね様などと偽名の上にやや子を宿しての旅とは、おこんさん、おいたわしいことで」

と由蔵が自らに聞こえるだけの声で囁いた。

物思いにふける由蔵の眼に、両手に物を持った人影がゆらりと映じた。片手に袋に入った三味線、片手に巻き物を手にしていた。

「うちの客には似つかわしくないが」

(門付け芸人か)

由蔵が思い付いたとき、男は、陽射しの中ですぼまった瞳孔が店の薄暗さに慣れるのを待つように軒下に立ち止まった。

そのとき、由蔵は思い当たり、

「三味《しゃみ》芳《よし》六代目の鶴吉さんですね」

と訪問者に声をかけた。

親しい付き合いはなかったが、磬音やおこんの口を通して承知していた鶴吉だった。

「へえ、鶴吉にございます。お邪魔ではございませんか」

「見てのとおり、江戸じゅうが目を開けたまま昼寝の最中です。なんの忙しいことがあるものですか」

「天下の今津屋さんもこの暑さには勝てませんか」

と苦笑いした鶴吉が、敷居を跨いで表より幾分涼しい土間に入ってきた。

「両国橋で玉すだれ売りに会いましてね。こちらの一太郎さんとうちの餓鬼に買ってしまいました」

と玉すだれを一つ差し出そうとした。

「それはまたお心遣い有難うございます。一太郎坊ちゃんは昼寝の最中かと思いますがな」

と答えながら由蔵は筆頭支配人の林蔵《りんぞう》に目で後のことを頼むと、

「ちょっとあちらの三和土《たたき》廊下から内玄関に入ってくださいまし」

と願った。鶴吉が姿を見せたということは、ひょっとしたらと思ったからだ。

「へえ」

鶴吉も素直に返事をすると広土間の隅から奥へと向かった。

内玄関に鶴吉を迎え直した由蔵は、無言のまま奥へ案内した。

奥では由蔵が思ったとおり一太郎は昼寝の最中、お佐紀は、おそめの妹のおはつに単衣物《ひとえもの》の仕立て方を教えていた。

「お佐紀様、珍しいお客様がお見えになりました」

と言う由蔵の背後に、三味線を手にした鶴吉が腰を屈めて立っていた。

「お内儀様、佐々木若先生ご夫婦には厄介《やっかい》になりっ放しの鶴吉にございます」

「鶴吉さん、三味芳六代目の名がますます江都に広まってめでたいことですね」

と答えながらお佐紀が、

「おはつ、今日はここまでにしましょうか」

と縫いかけの単衣を片付けさせた。

「旦那様が内蔵におられます。鶴吉さんが見えたと伝えてください」

お佐紀の命におはつが会釈して立った。

おはつもすっかり今津屋の奥務めに慣れたとみえ、動きに余裕が見られた。

「お佐紀様、鶴吉さんが一太郎さんに玉すだれを購《あがの》うてこられましたぞ」

「一太郎が目を覚ましたら喜びましょう。なによりのお土産《みやげ》です」

「お内儀様、こちらを訪れる言い訳に玉すだれを求めたようなものでございましてね」

鶴吉は両国橋で出会った玉すだれ売りを思い出しながら、答えていた。そこへ内蔵で帳簿を見ていたという吉右衛門が、

「鶴吉さん、ようお見えになりました」

と姿を見せた。

「旦那様、お邪魔ではございませんか」

「邪魔もなにも、この暑さが少しでも薄まるならばと内蔵に入り、先祖の商い帳なんぞを捲《めく》っていたところです」

「それはご苦労でしたな」

と応じたのは老分番頭の由蔵だ。

「暇つぶしですよ」

と苦笑いした吉右衛門が、

「旅の方からなんぞ便りがございましたかな」

と催促するように訊いた。

「いえ、それはございません」

と前置きしたところに、おはつがお盆に冷えた麦茶と芋羊羹《いもようかん》を運んできて、そ

の話題は一旦止まった。

「頂戴します」

と麦茶を口にした鶴吉が、

「生き返りました」

と小梅村を訪ねた経緯を語った。

「いえ、小梅村と申しましても、こちらの御寮がある三囲《みめぐり》社近くの小梅村ではなくて、横川沿いの寺町でございますよ」

と鶴吉が当たり障りのない話をした。その間に茶菓を整えたおはつが主《あるじ》の居間から下がり、

「この話にはいささか前置きが要りましてな、ただ今、わっしは神田橋のお部屋様のもとに出入りを許されているのでございますよ」

「えっ、鶴吉さんが田沼意次様の愛妾《あいしょう》おすな様のところにですか」

「老分番頭さん、驚かれるのも無理はございません。いえ、おすな様の老女がうちに三味線を拵《こしら》えてくれと姿を見せたのがきっかけで、神田橋の田沼屋敷に出入りをするようになったのでございます」

「ほうほう」

と由蔵が身を乗り出した。

鶴吉は、おすなの三味線を造るばかりか三味線やら端唄なんぞを教えていることと、田沼屋敷を訪っている最中に、小梅村の今津屋の御寮にいた磐音とおこんが姿を消したことで屋敷内に動揺が走ったこと、さらにその最中に雹田平なる系図屋が名乗りを上げて、

「佐々木磐音がどこへ参ったか、現在を追っても見つかりませぬ。磐音を炙《あぶ》り出すには、佐々木家の過去を手繰ることが肝要です」

と佐々木磐音追跡の先鋒に加わったことなど、耳にしたことを告げた。

「そのようなことがございましたので」

と吉右衛門が驚いた。

「へえ、話はこの先でございましてな」

鶴吉はこの事実をだれかに伝えることを迷った末に、磐音からの文を運んできた弥助に告げたことを前置きした。

「わっしは、これでなんとなく肩の荷を下ろした気分でおりましたので」

「まあ、奇妙な系図屋が追っ手に加わったところで、天下の佐々木磐音様が系図屋如きに後れはとりますまいからね」

「老分番頭さん、この雹なる人物、和人ではのうて唐人かと思います。こやつの声音と、ちらりと見かけた姿から察して、なかなか恐るべき追っ手にして刺客かと思いました」

「なに、鶴吉さん、佐々木様を凌《しの》ぐ腕前と言われますか」

「若先生を凌ぐかどうかは分かりませんや。ですが油断がならない相手であることは間違いございません」

「それで弥助さんに話を通されたのですな」

と吉右衛門が話を元に戻した。

「へえ、そこで本日、横川の隠居を訪ねた後、わっしはふと思いついてこちらの御寮に立ち寄りましたので」

「うちの御寮を覗かれましたか」

「すると槍折《やりお》れの小田平助《おだへいすけ》様やら門番の季助《きすけ》さんやら白山《はくさん》までが御寮の留守番をしておられましたので、いささかびっくりいたしました」

「佐々木様は小田様、季助さん、犬の白山をうちの寮に住まわせることを願われましてな、佐々木様がお戻りになるまで留守番を引き受けておられるのです」

「そう伺いました」

と答えた鶴吉が、

「小田様に雹田平のことを告げたら、弥助さんは若先生のもとに走ったと即座に推量なされました」

「弥助さんは佐々木様の旅先を承知なのですか」

訝しげな顔でお佐紀が鶴吉に訊いた。

「小田平助様が言われるには、弥助さんは霧子さんを若先生とおこん様の身辺に張り付けさせておられるはず、となると霧子さんを通じて若先生とおこん様の旅先は承知しているはずとのことでした」

「なんと、霧子さんがお二人の身辺を見張っておられますか」

吉右衛門がほっとした顔をした。

「そして、弥助さんまで佐々木様のもとに向かわれたとなると、お二人で旅を続けておられるのではないのですな」

「わっしには分かりません。ですが、小田平助様は、弥助さんと霧子さんの師弟がお二人の旅に陰になり日向になって加わっていることは間違いない、と言われました」

「それは心強いことです。なにしろおこん様は懐妊なさっておられるのですからね」

「えっ、お内儀様、おこん様のお腹にやや子がおられますので」

今度は鶴吉が驚く番だった。

「鶴吉さん、佐々木様とおこん様は、箱根の関所を私の父の手助けで通過なされたそうです」

と今度はお佐紀が前置きして、小田原の右七から届いた文の仔細を告げた。

「若先生方は東海道を進まれておられますか。その関所通過はいつのことで」

鶴吉と今津屋の三人は、磐音とおこんらが江戸を抜けた後、箱根を越えた日と田沼屋敷の話を弥助に告げた日の前後を話し合い、どうやら田沼屋敷の雹田平が動き出したのは、磐音とおこんが清水平四郎、いねの名で箱根越えをした数日後のことであろうと推測をつけた。

「なんにしても、おこん様のかたわらに霧子さんが同行しておられるとなれば、どれほど心強いことか」

とお佐紀がしみじみと言い、

「私の父は、今頃はお二人は京辺りに到着かと推量で記してきましたが、弥助さんと霧子さんが加わっておられるのです。京どころか西国までも辿り着いておられましょう。それにしても、佐々木様とおこん様はどちらを目指しておられるのでしょう」

しばし沈思していた由蔵が、

「旦那様、佐々木磐音様とおこんさんがどこを目指しておられるか、いつ江戸に戻ってこられるか分かりません。ですが、田沼一統に対抗してうちもあらゆる情報を集め、旅するお二人になんとかしてこちらの思いを届ける方策を考えてはいかがですかな」

「老分さん、面白うございますな。田沼様ばかりに先手を取らしていたのでは、江戸の両替屋行司の名が泣こうというものです」

「尚武館のお味方は、速水左近《はやみさこん》様、豊後関前藩にございましょうが、老中田沼様に知れたときのことを考えると、町人だけで情報を共有するのがようございましょうな」

「尚武館再興を手助けする集まりにございますな。過日、若先生の文遣いを弥助さんが務められました。今度はこの鶴吉を連絡方《つなぎ》にしてくださいまし」

と鶴吉が名乗りを上げ、大人四人が時の経《た》つのも忘れてそのことを話し合った。

二

旅仕度の尾州茶屋の大番頭中島三郎清定と手代の玉吉、それに坂崎磐音は、中山道美濃路の一宿太田宿外れの木曽川の土手に佇んでいた。

対岸の今渡《いまわたり》には渡し船が往来していた。

木曽三川《さんせん》の一、木曽川は、水源を信濃の鉢盛山《はちもりやま》に持ち、その全長およそ五十七里を有する大河であった。上流部では味噌《みそ》川と呼ばれ、磐音らが見下ろす辺りでは太田川と呼び変えられた。

尾張徳川家は尾張、美濃の両国の他に木曽を領有したため、中山道と並行するように流れる木曽川を水運に利用し、尾張藩の貴重な財源の木曽美林もこの流れを使って濃尾《のうび》平野へと運んでいった。

藩では木曽美林を材木役所のもとで大切に管理していた。

菅笠の下で薄くかいた汗を川風が吹き上げてなんとも気持ちがいい。

大雨が降るとこの急流が暴れ川と化し、大水の度に渡し場が流されてあちらこちらに変わったという。

「清水様、ご覧のように流れがなかなか速うございましょう。渡し船はあらかじめ川上に船を曳《ひ》いていき、そこから客を乗せて一気に流されながらも斜めに川を横切り、向こう岸の今渡の渡し場に着くのでございますよ」

と三郎清定が磐音に教えてくれた。

尾州茶屋ではすでに磐音の名も正体も承知していると思えたが、磐音が最初に名乗った小田原藩大久保家陪臣清水平四郎として未だ遇してくれていた。

「箱根八里は馬でも越すが越すに越されぬ大井川、と東海道の難所が謳われますな。こちらでは木曽のかけはし、太田の渡し、碓氷《うすい》峠がなくばよい、と謳われる中山道の三大難所の一つにございますよ」

急流を渡る渡し船の他に長く筏《いかだ》を連ねた川流しが行く。

上流から木曽の美林を筏に組んで運ぶ光景だ。また船着場には渡し船が四艘《そう》あって交互に運航されているのが見えた。さらには通り衆御馳走船と呼ばれる尾張藩の御召船が一艘係留され、鵜飼《うかい》船も数艘舫《もや》われていた。

土手道から見る分にはなんとも長閑《のどか》な光景だった。

磐音らは尾張名古屋を三日前に出立し、木曽川沿いに各材木役所を巡回しながら太田の渡しに到着したところだ。

鵜沼《うぬま》宿では休憩したが、太田宿は裏道を通って素通りしてきた。

磐音は三郎清定がなんとなく時間を見計らっての行動かと推測した。すでに太田宿にこたびの御用があることを承知していた。

「過日、東海道島田宿で川留めに遭うたが、大井川よりこちらの流れが急にございますな」

「この上《かみ》で飛驒川が木曽川に合わさりまして水量が増した上に、本流は山深い木曽路にございます。流れが速いのは致し方ございません。ですが、この大木曽《おぎそ》の水量と流れがあればこそ、山深い木曽の山が尾張に豊かな富をもたらすのでございますよ」

三郎清定は流れから土手に目を移していたが、

「今宵は太田宿泊まりですが、まだ陽も高うございます。喉も渇きましたで、あれなる茶屋でひと休みしていきますか」

と一軒の茶店に目を留めて言った。すると心得た玉吉が茶店に駆け出していった。

「大番頭どの、いささか心苦しいことがございまして、お詫び申し上げたい」

「ほう、なんでございましょう」

言葉を改めた磐音に、三郎清定が柔和な眼差しを向けた。店にいるときの油断のならない視線と違い、どことなくのんびりしていた。

磐音はその眼差しに誘われたわけではないが、

「それがし、初めてお目通り願った折り、相州小田原藩大久保家の陪臣清水平四郎、妻《さい》はいねと名乗りましたが、偽名にござる。本名は……」

「江戸神保小路の直心影流尚武館佐々木道場の後継、佐々木磐音様におこん様でございましたな」

「やはり承知でしたか」

「さらにはつい三月《みつき》ほど前、若くして身罷られた西の丸家基様の剣術指南役を務めておられましたな」

「さすがは尾張藩の細作《さいさく》を務めてこられた家柄、欺くつもりは毛頭ございませんでした。ですが、尾州茶屋中島家に迷惑がかかってもならずと、つい偽名にてお付き合い願いました。されどこうも親切にあれこれと心遣いをいただくと、なんとも心苦しゅうござる」

「ふっふっふ」

と三郎清定が笑みを洩らし、

「胸になんぞ蟠《わだかま》りがあれば、旅の徒然《つれづれ》、あれなる茶屋で吐き出されませぬか。主の清貴も私もお手伝いができるならば、とすでに話し合うております」

「いよいよもって恐縮至極にございます」

三郎清定と磬音のために、玉吉が木曽川の流れを見渡せる縁台をとっておいてくれた。

折りから渡し船が船着場に到着したところで、急流に肝を冷やした乗合客が胸を撫《な》で下ろしながら土手を上がってきて、そのうちの何人かは茶店に立ち寄り、思い思いの席に腰を落ち着けた。

「玉吉、清水様とちと二人で話がございますでな、遠慮なされ」

大番頭に命じられた玉吉が頷くところに、女衆が茶と草だんごを運んできた。さらに玉吉が大番頭のために煙草盆を用意した。

「この陽射しです。喉がからからにございますな、佐々木様」

と二人になった三郎清定が言い、磬音は最前の話を再び始めた。

「大番頭どの、いかにもそれがし、尚武館佐々木道場の佐々木玲圓と養子縁組いたしましたゆえ、姓を坂崎から佐々木に変えました」

「坂崎家は西国豊後関前藩の中老職、ただ今お父上は家老を務めておられるそうな。磐音様はその嫡男とか」

頷いた磐音は、

「仔細がございまして、刈谷宿の称名寺にて養父養母《ちちはは》の菩提《ぼだい》を弔った後、再び坂崎へと戻しましてございます。ために向後は坂崎磐音、おこんと承知した上で、清水平四郎、いねとしてお付き合い願えますか」

「承知いたしました」

首肯した三郎清定が煙管《きせる》に刻みを詰めて、煙草盆の火種で火を点《つ》け、美味しそうに一服した。

「おこん様は、江戸の両替商筆頭両替屋行司の今津屋さんにご奉公なされていたとか」

「おこんも、佐々木家に入る前に御側御用取次《おそばごようとりつぎ》の速水左近様の養女に入り、それがしに嫁いで参りました」

と正直に磐音は三郎清定に告げた。

「坂崎様のお人柄です。偽名で道中をなさるのはさぞ心苦しいことにございましたろう」

磐音は黙って頷いた。

「老中田沼意次様の意向を考え、旅に出られましたか」

田沼の名が三郎清定の口をついて、磐音はしばし沈思した。

「御三家筆頭の尾張様ゆえ、老中の意向など何事もなからんとは存じます。ですが、尾張藩や尾州茶屋中島家に迷惑がかかるのはそれがしの本意ではございませんん」

「いかにもいかにも」

と鷹揚に答えた大番頭が、

「すでにそなた様の身分、竹腰山城守忠親様も承知しておられます」

と告げた。

「両家年寄の竹腰様は、われらが身分を承知で尾張滞在を許すと言われますか」

はい、と三郎清定の返答は明快だった。

「こうなれば、お互いに肚を割るのがよかろうと存じます」

磐音は頷くこともせず無言を通した。

「坂崎様は田沼様の刺客に追われての逃避行にございますな」

と念を押すように尋ねた。

「家治様の嫡男であり、明晰《めいせき》な家基様が十一代将軍に就かれるのは、佐々木玲圓のみならずわれらの夢にございました。それがわずか十八歳で身罷られるとは」

「どなたかの手で毒殺されたとの風聞が名古屋城下にも伝わっております。真実《まこと》にございますかな」

三郎清定が問うたが磐音はそれには答えなかった。

「田沼様は養父養母が自裁し、家基様に殉死したことをもってしても、佐々木家存続をお許しになろうとはなさいませんでした。何代にもわたり幕臣や大名諸家の師弟に剣術伝授を務めとしてきた佐々木道場を潰し、直心影流を指導することを止められました。そればかりでは安心できなかったか、佐々木家の後継のそれがしを亡き者にしようと再三再四、刺客を送ってこられました。佐々木家が再興され、尚武館佐々木道場が復活することを恐れたと言われるお方もございます。われら、これ以上江戸を騒がそうとは思いませんし、血を流す闘争が繰り返されるのも遠慮すべきと考えました」

「それで旅に出られましたか」

「はい」

「行き先がございますか」

「いえ、格別に」

「尾張に逗留なされて時節が変わるのをお待ちなされ」

と三郎清定があっさりと言った。

「田沼意次様の専断政治、尾張徳川は快く思うておりませぬ。ただ今の江戸は吉宗様以来の紀伊閥に支配されて、小姓上がりの田沼が好き放題にするところにございましょう。尾張とていつまでも田沼意次をのさばらせておく気はございませんでな」

一介の商人《あきんど》の大番頭が吐く言葉を超えていた。それだけ尾州茶屋中島家が尾張徳川と密接な関わりを保持してきたということであろうか。

「大番頭どの、おこんの腹にやや子が宿ったと知ったとき、それがし、なんとしても田沼様との戦いに生き残りたいと思いました」

「佐々木家を再興し、尚武館道場を再建なされますか。坂崎様、そなた様の腕前ならそれは難しいことではございますまい」

「それもこれも田沼様存命のうちは叶いませぬ」

とだけ磐音は答えた。

時節が到来したとして佐々木家を再興し、尚武館道場を江戸に再建することがよいことかどうか、磐音の胸中は未だ定まってない。ただし、佐々木玲圓が家基に殉じた意味の真実を知り、その遺志を継ぐと覚悟していた。ためになんとしても田沼一派が放つ刺客との戦いを制して生き延びねばならなかった。

「尾張徳川の力を利用なされ」

三郎清定の主張は単純にして明快だった。それだけ紀伊閥に対して、それを代表する老中田沼意次への憤怒の情が尾張家中に充満していたといえる。

「大番頭どの、われら、子を無事に産むことのみを考えとうございます。坂崎姓に戻した経緯は最前も申しましたが、田沼様が佐々木の名を恐れて刺客を送りつけるならば佐々木の姓など捨てなされ、と称名寺の御坊が知恵を授けてくれたゆえにございます」

「それで田沼の刺客は止まりましたかな」

いえ、と磐音が首を横に振った。頷いた三郎清定が、

「尾張ならば医師も産婆もすでに揃うております」

「口利きしていただき、おこんもどれほど心強いことか」

「どれほど威勢を振るおうとも、時がくれば政《まつりごと》に従事する老中の首の挿《す》げ替えは行われます。ですが、徳川の血筋は幕藩体制が続くかぎり絶えることはありません」

「紀伊様もまた徳川の血筋にございますな」

「はい、ですが御三家筆頭は尾張にございます」

と三郎清定が言い切った。

「それとも、尾張頼りにならずと言われますか」

「大番頭どの、なんじょうさようなことを考えましょうか。われら、養父養母の菩提を弔いつつ、やや子を産むことしか今は考えておらぬのです」

と再び磐音は繰り返した。

「それでよろしい。坂崎様とおこん様が名古屋城下にあるかぎり、雹田平などという田沼の刺客の勝手にはさせませぬ」

「大番頭どの、雹田平を知っておられますか」

さすがに磐音は驚いた。

「こやつめ、竹腰様のお屋敷に忍び入り、そなた様の身分を記した文を残していったのでございますよ」

磐音はしばし考えた上で、

「雹田平は、われらを名古屋から追い立てようとしてのことでしょうか」

「まずそのような企てかと思います」

「最前、竹腰様はわれらがことを承知と言われたのは、さような理由があってのことにございますな」

はい、と三郎清定が答え、さらに言い添えた。

「すでに宗睦様もこのことご存じかと思います」

「竹腰様が上申なされたということですか」

「宗睦様の参勤は、子寅辰午申戌《ねとらたつうまさるいぬ》の年にござれば、城下におられますでな」

安永八年己亥《つちのとい》の年は下番《かばん》だという。

「ふーう」

と磐音は息を吐いた。

「ご迷惑ですかな」

「いえ、それがし、老中田沼意次様と尾張藩の確執を望んでおりませぬし、われらが火種になることを欲しませぬ」

「坂崎様がどのようにお考えになろうと、田沼意次という人物、そなた様への追及の手は緩めますまい」

磐音はただ首肯した。

「坂崎様、今すぐに返事を頂戴しようとは思いませぬ。とくとお考えになってご返答をお聞かせください」

太田の渡し船が上流に引き上げられ、対岸へと押し渡ろうとしていた。

時がゆるゆると流れていくのを磬音は感じた。

いつの間にか、茶店にいた人々は、入れ替わっていた。

中山道は、武蔵《むさし》路十宿、上州《じょうしゅう》路七宿、信濃《しなの》路十五宿、木曽路十一宿、美濃路十六宿、近江路九宿と、江戸から草津宿まで六十八宿の長大な街道であった。

木曽から信濃路に向かう旅人、反対に美濃に下る人々、それぞれの旅程が待っていた。

「大番頭どの、こたびの御用、なんぞそれがしが知るべきことがござろうか」

磬音は三郎清定が求めた問いへの答えを出すためにも、御用に徹しようと思った。

「いかにもございます。ただの見廻りではございませぬ」

「お聞かせ願えますか」

頷いた三郎清定が、

「木曽の檜《ひのき》など美林は、主に御城、武家屋敷などの普請《ふしん》に使われます。この材木、他領の材木問屋などの垂涎《すいぜん》の的にございましてな、なんとしても商いにしたいと思う輩《やから》が絶えませぬ。このところ、太田の材木会所に集積する材木の増減が激しゅうございましてな、材木奉行山村総兵衛《やまむらそうべえ》様支配下の高橋伝五郎《たかはしでんごろう》様が小者の三造《さんぞう》を従えて内偵に入られました。今から半月以上も前のことです、ところが二人からの連絡が絶えました。うちは木曽川各所の材木会所を材木奉行と一緒になり監督してきた手前、なんとしても高橋伝五郎様の生死を確かめとうございますし、他国の材木問屋をこの際、一掃したい。そこで竹腰様の意向もございまして、私どもが商人の立場から太田の材木会所を調べることを命じられたのでございます」

「内偵に入られた高橋様方を力ずくで捕えたと思われますか」

「太田に入られた高橋様は二通ほど、材木奉行山村様のもとに密書を届けてこられました。そして、山に入ると記された後、行方《ゆくがた》知れずになったのでございますよ」

三郎清定は煙管の灰を煙草盆に落とした。

「坂崎様、お助けいただけますか」

「畏まりました」

磐音は即答した。

夕暮れの刻、三郎清定ら三人は中山道太田宿に入った。

中町に北面して脇本陣林家が堂々とした家構えを見せていた。格子造りの二階建てで、大きな表戸が美濃十六宿の中でも屈指の建物ということを示していた。

ちょうど道中往来の武家一行が駕籠を脇本陣の前に着けたところで、本陣の主が出迎えに出ていた。

三郎清定は知り合いか、顔を背けるように急いで脇本陣の前を通り過ぎ、

「坂崎様、われら、諏訪《すわ》の蠟燭《ろうそく》屋の番頭五郎蔵《ごろぞう》に手代の玉吉、坂崎様は偽名の清水平四郎様を使うて木賃宿《きちんやど》に泊まることになりますが、宜しいですか」

と説明すると、中山道から木曽川が流れる南へと路地を曲がった。

「屋根の下に泊まるとなれば、それ以上の贅沢《ぜいたく》がござろうか」

三郎清定と玉吉はあてがあるのか、伝馬宿の裏手に何軒か寄り添った旅籠《はたご》には見向きもせず、夕暮れに木曽川を望む一軒屋の旅籠を訪ねた。

「ご免くだされ。諏訪の蠟燭屋じゃが、先に文を出しておきましたがな」

と戸口の前で蚊遣りを焚《た》く男衆に声をかけた。

「ああ、裏手の離れでなんぞ集いをされる人じゃな」

と男衆が言い、

「うちは前金じゃがいいか」

「構いませぬ」

と応じた三郎清定が、

「夕餉はついておりましょうな」

「むろんまんまくらいは食えるが、湯は立ててないぞ。この時節だ、裏の流れで手足を洗いなされ」

と旅籠の裏手を差した。

三

三郎清定と磐音は、木曽川に流れ込む細流の縁《ふち》に設けられた洗い場の石に腰を下ろして、一日歩いた足を水に浸した。

「おお、火照《ほて》りがすうっととれて気持ちがいいわ」

三郎清定が嘆息した。

「大番頭どの、自らかような御用旅に参られることもままございますので」

「まあ、滅多にございませんが、こたびの一件は尾張藩の材木役所と私ども材木会所の商人みんなに振りかかった災難ゆえ、老骨に鞭打《むちう》ったというわけでございます」

と応じた三郎清定は、

「坂崎様は両替商の今津屋さんの商いを承知ですな」

と訊き返した。

「それがし、とある事情で藩を抜け、江戸に舞い戻った折り、今津屋に警護方として雇われました。それが今津屋に縁を得るきっかけでございました。南鐐二朱《なんりょうにしゅ》銀《ぎん》が発行された頃のことで、この貨幣流通を巡り、今津屋が先代の両替屋行司に脅迫されておりました。この騒ぎの目処《めど》が立った折り、今津屋に親しく出入りが許されたのです。ゆえに主の吉右衛門どのをはじめ、老分番頭の由蔵どのの御用の供を命じられることがございました。ですが、両替商いのことを知ったとは申せますまい」

磐音はさらりと答えた。

「当初の南鐐二朱銀は、なかなか純度の高い銀を使いながら、朱という金貨の単位を使った変わり種の貨幣にございましたな。名目は金、素材は銀という貨幣の狙いは、金遣いの江戸と銀遣いの上方経済圏を江戸主導に変えるというもので、私らもえらく苦労しました。田沼意次様が造られた新貨幣政策は、今となってはなんとも不細工で困りものです」

「近頃、江戸では粗悪な南鐐二朱銀や偽銀が流通しているそうです」

磐音は、このことが縁で旧藩の領内の海産物などを江戸に運び、販売する藩物産所事業を今津屋の助けで始めたことを三郎清定に告げた。

「ほうほう、豊後関前領内で採れる海産物を千石船で江戸に送り込まれましたか。まして関前は坂崎様が脱けられた藩にございましょう。旧藩のためにお働きになったとは、いささか毛色が変わったお武家様にございますな。俗に文武両道と申しますが、商武両道の剣術家など、尾張にはまずおられませぬ」

と三郎清定が笑い、話柄を変えた。

「こたびの木曽美林の他領横流しには、当然のことながら大勢の者が関わっております。大雑把に横流しの構図を説明しますと、この美濃から木曽にかけての材木流しに関わる材木奉行支配下、材木役所の材木方目付栃尾《とちお》七蔵《しちぞう》様、それと材木会所の総頭美濃屋儀《ぎ》三郎《さぶろう》さんが手を結び、木曽川のあちらこちらに銭をばらまいて横流しした材木を、大坂の材木問屋摂津《せっつ》屋《や》皆《みな》右《え》衛門《もん》さんが買い取り、海路江戸に運び込むという大掛かりなものでございますよ。資金のすべてを摂津屋が出していることも分かっております」

「そこまで内偵が進んでおりますか」

「ところが未だ不正の事実を示す証拠《あかし》がなく、材木奉行支配下の高橋伝五郎様が小者の三造を従えてこの美濃に入られた理由にございますがな、高橋様は摂津屋の手の者に誘《おび》き出され、勾引《かどわか》されたか殺された可能性がございます。なにしろ、横流しされた材木は例年の商いの一割から一割五分にものぼると想定されましてな、高々一割五分かと思われましょうが、江戸に運べば木曽檜は高く取引されますので、摂津屋の儲《もう》けは何千両にもおよびましょう」

「さすがは尾張徳川様の美林、大変な値にございますな」

「材木役所を通しての商いならば値はさらに上がります。藩は腹黒い鼠《ねずみ》どもの盗み食いで大金を失うているというわけです」

　と言った三郎清定がくしゃみをした。

「上がりますか」

「いえ、このほうが気持ちがようございます。今しばらく火照りを冷まします」

　と応じた三郎清定が、

「この騒ぎが発覚したのは三月も前のことでしてな、直ちに名古屋城下から美濃、木曽一円に密偵が入り、敵方でも城下の密偵を狩り出す暗闘が繰り返されてきました。高橋様の美濃行は最後の証拠集めだったのです。高橋様は木曽美林の輸送と販売を熟知した方ですから、横流しを立件できるかどうか、高橋様の生存と証言が大きな鍵《かぎ》になるのです」

「大番頭どのの美濃入りは、高橋様の生死を確かめることが目的でございますか」

「一番よいことは高橋様が生きておられることです。無事身柄を取り戻すことができた暁には名古屋に連れ戻り、材木奉行山村様に横流し実態の証《あかし》をつぶさに差し出させることです」

「生きておられると思われますか」

「生死は五分と五分と名古屋では見られております」

磐音はしばし沈思して、尋ねた。

「今宵はお仲間の集まりがあるようですが、藩が入れた密偵の方々ですか」

「高橋伝五郎様が行方を断たれた直後に、材木役所、材木会所の者を美濃から木曽に入り込ませてございます。その者たちが四人、日が暮れて姿を見せるよう手《て》筈《はず》を整えてございます。坂崎様、その集まりの後見に出てください」

「それがしで役に立ちましょうか」

「でーんと控えてくださっているだけで心強うございます」

「大番頭どの、総頭美濃屋は用心棒のようなものを揃えておりますか」

「ご推察のとおり、美濃屋は西国の出という南郷十右衛門《なんごうじゅうえもん》という剣術家を抱え、その者の下に二十数人の荒くれ者の剣術家やら渡世人を集めて、材木横流しに目を瞑《つむ》るよう金を握らせたり、脅したりしているようです。高橋伝五郎様もこの南郷らの手によって消されたか、あるいはどこぞに捕らわれているかと思われます」

「高橋様方が無事だとよいが」

磐音の言葉に三郎清定が大きく首肯し、

「こたびの一件の鍵が高橋伝五郎様です。なんとしても無事であってほしいと願っております」

と言うと両手で流れの水を掬《すく》い、顔を洗った。磐音が持参した手拭《てぬぐ》いを差し出すと、

「お借りします」

と顔を拭った。そして、顔を磐音に向けた。

「西の丸家基様の剣術指南にして、直心影流尚武館佐々木道場の後継を警護方に使うなど恐れ多いことです。坂崎様、藩としてもうちとしても、信頼できるお方に同道を願いたかったのです。お許しください」

尾州茶屋家の大番頭が磐音を美濃へと同道した理由だった。磐音はこのことを知って却って気持ちが軽くなった。

江戸で身過ぎ世過ぎのためになしていた用心棒稼業に戻っただけのことだ。尚武館佐々木道場の後継ということを忘れるためにも、もう一度市井の暮らしからやり直すことも大事だと思った。自らの体を動かし、汗をかいて、おこんと生まれてくる子を養うのだ、と磐音は決意を新たにした。

「大番頭どの、そのような斟酌は無用に願います。豊後関前城下を独り離れたときのそれがしに立ち戻ればよいだけのこと」

「坂崎様、そなた様が再び江戸にて表舞台に立たれることは、必ずやございます。そのときのためにこの尾張で汗をかかれるのも、坂崎様が後々大きな花を咲かせるためのご苦労かと存じます」

「はい」

と磐音の返事はきっぱりしていた。

「坂崎様の敵、田沼意次様は、小禄《しょうろく》の身から権謀術数を駆使して幕閣の頂点に立たれただけに、なかなか強《したた》かです。坂崎様は、御三家筆頭の尾張さえもが手をこまねいてきた老中田沼様相手に孤軍奮闘してこられた。この中島三郎清定、心から感服しております。尾州茶屋中島家も尾張藩も、坂崎様と同じ陣営であるということを忘れずにいてくだされ。秋《とき》がくればご一緒に戦いますぞ」

「心強いことです」

「今後は、田沼の刺客など尾張城下に入れませぬ」

と三郎清定が磐音に約束し、

「名古屋に戻りましたら、おこん様が立派なお子を産むようにお住まいを整えますでな」

と言い足した。

「大番頭様」

と玉吉の声がして、

「内浦《うちうら》様がおいでにございます」

と告げた。尾州茶屋か材木役所の密偵がどうやら姿を見せたようだ。

「弥勒《みろく》様方は舟で来られるそうです。私がこちらで出迎えます」

と玉吉が告げ、

「玉吉どの、そなたも旅の汗を流されぬか。さっぱりいたすぞ」

と磐音が流れに立ち上がった。

「話に夢中になって足が冷え切ってしまいましたな」

かたわらで三郎清定も立ち上がろうとしたが、体がふらつき、磐音が支えた。足が冷えてかじかんだか、流れに押されてのことだろう。

「大番頭どの、それがしの腕を摑んでくだされ。思いの外、流れがきつうござる」

「歳《とし》は取りたくないものですな」

と磐音の手を摑み、磐音が介添えして洗い場に押し上げた。

二人が洗い場の石の上に立つと夕日が山の端に沈んでいくところで、背後を振り返ると木曽の流れが黄金色に染まっていた。

この日、最後の筏流しか、ゆっくり下流へと下っていく。

「なんとも美しい景色にございますな。この背後で横流しなどが行われているなど、信じられませぬ」

と三郎清定が呟き、流れが急に暗く変わった。

離れ屋の板張りに二人の男がいた。一人は山伏姿で、もう一人は行商人のこしらえだ。山伏の男は武士だと思えた。

「内浦様、ご苦労に存じます」

と三郎清定が山伏に言った。内浦と呼ばれた男はただ無言で頷いた。

「源次《げんじ》、元気でしたか」

「はい、なんとか生き延びております」

行商人が呟くように答えた。磐音は、内偵に従事して神経をすり減らしてきた疲れが二人の顔に濃く漂うのを見た。

「清水様、尾張藩小目付内浦新八《しんぱち》様にございますよ」

と内浦を紹介した三郎清定が磐音を、

「清水平四郎様と申されてな、こたびの御用を手伝うてくださる心強い味方です。清水様は神伝一刀流の遣い手で、ただ今藩道場は清水様の腕前にいささか慌てておられます。両家年寄竹腰様も清水様のことは存じておられます」

と竹腰山城守忠親の名まで出した。

「清水平四郎にござる」

「内浦新八です」

と二人は互いに短く挨拶し合った。

「あと弥勒覚兵衛《かくべえ》様と海蔵《かいぞう》ですか」

と三郎清定が呟くところに、玉吉が杣人《そまびと》の形《なり》をした中年の男を伴ってきた。

「海蔵、そなた一人か」

内浦が訝しげに尋ねた。

「内浦様、三日前、細久手《ほそくて》の河原で弥勒様と待ち合わせをいたしましたが、約束の刻限を一刻半《いっときはん》（三時間）近く過ぎても参られません。徒歩でこちらに参られたかと、ぎりぎりまで待って私一人で下ってきました」

「弥勒どのはまだ参られぬぞ」

と内浦が声に不安を滲《にじ》ませた。

「海蔵、弥勒様はどちらの内偵に入られたのですな」

「妻籠村の下り谷の筏場に入っておられました」

「海蔵さん、昨日の朝から南郷の手の者が妻籠村に出張《でば》っておりますよ」

と源次が狼狽《ろうばい》した声を上げた。

しばらく場に重い沈黙が広がった。

「敵方の手に落ちましたか」

と三郎清定の声にも動揺があり、

「材木奉行支配下の二人が敵方に捕らわれたとなると厄介です」

とさらに呟いた。

「弥勒様は約束を破るお方ではございません。なんぞ異変が起きたと考えるべきかと思います」

と海蔵が言い切った。

「弥勒様が南郷一派の手に落ちたとしよう。妻籠で殺《あや》めるということがありましょうかな」

と三郎清定が呟いた。

いえ、と応じた海蔵が必死で何事か考えた。

「源次、南郷一統は頭目の十右衛門も妻籠に出張ったのか」

と海蔵が尋ねた。

「いえ、十右衛門は美濃屋の川屋敷に残っております。腹心の間垣塔五郎《まがきとうごろう》が頭分《かしら》で、七人が中山道を徒歩で向かっていきましたんで」

「間垣は自分一人ではなにも決められない男にございますよ、大番頭さん。となればこの太田宿に必ずや連れてくるはずです」

と海蔵が言い切った。

「それはいつのことか」

と三郎清定が尋ねた。

「大番頭さん、わっしは今日、昼前に山口村を発って木曽川を下ってきましたが、わっしらが目をつけている黒筏を野久保の瀬で追い抜きました。この黒筏には珍しく苫《とま》小屋が組み込まれて、人が乗っている気配がいたしました。二本差しの姿は見ませんでしたが、ひょっとしたらあの黒筏に弥勒様が捕らわれて乗せられているのではございますまいか」

尾張藩では横流しされる筏を黒筏と称しているようだと磐音は判断した。

「源次、美濃屋に変わりはないか」

「最前まで動きはございません」

「海蔵、小屋がけの黒筏に弥勒様が乗せられているとして、この太田宿に着くのはいつのことだ」

「わっしが最前着いたところです。月夜に筏を流す危険を冒すなら、今夜半から明日の明け方には着きましょう」

「人を乗せている筏だ、そんなところかな。それとも夜はどこぞで止まっているか」

「間垣って男は、南郷十右衛門の腰巾着《こしぎんちゃく》にございますよ。弥勒様を捕えたとするなら、一刻も早く南郷のもとに連れていきたい口ですよ」

「悪いことをなす者は、往々にして人を避けようとして動き、馬脚を露《あらわ》すものですよ」

と三郎清定が言い、

「弥勒様が生きて太田宿に連れてこられるとして、高橋伝五郎様が生きてどこぞに幽閉されているなら、弥勒様もそちらに連れていかれるのではなかろうか」

「まず間違いございますまい」

と内浦が言い切った。

「黒筏が最初に着けられるのは美濃屋の川屋敷でしょうな」

「大番頭どの、これも間違いないところ」

と言った内浦が、

「それがし、これより美濃屋の川屋敷に向かいます」

「お待ちなさい。海蔵の話では、月夜に筏を流しても着くのはこの夜半というではございませんか。腹が減っては戦もできませぬ。夕餉を食して行きなされ」

と三郎清定が言ったところに玉吉が膳を運んできた。

十四夜の月が流れを照らしていた。

磐音は海蔵が木曽から乗ってきたという川船に揺られて、流れを下っていた。

磐音の他に同乗者は内浦、玉吉の二人で、海蔵と源次が船を操っていた。

木曽川に慣れた川並《かわなみ》ならば月夜の筏流しも無理ではない、と夕餉の場で改めて判断された上での行動だった。

「内浦どの、南郷十右衛門はどのような人物にござるか」

と磐音が訊いた。

「身丈はさほど高くはないが、がっちりとした体格でな、口数は少ない。生まれは薩摩《さつま》とかで、訛りが酷《ひど》くてあまり喋らぬと思えます。その代わりすぐに手が出て、配下の者も戦々恐々としております」

「薩摩者なれば剣は東郷示現《じげん》流でござろうか」

「いかにも、さようです。この無口者の南郷が配下のものにぼそぼそと薩摩弁で繰り返すのは、示現流の理念、心得の『一の太刀《たち》を疑わず、二の太刀は敗北』という言葉だそうです」

磐音にも薩摩示現流の剣者と立ち合った経験があった。

磐音が相対した剣術家の中でも、示現流の一撃目は強烈極まるものだった。示現流の独特の稽古法が鍛え上げる豪快強烈な打撃だった。

椎《しい》など固い立ち木九尺余の三分の一を地中に埋め、地上に立つ木を柞《ゆす》の木刀でひたすら打ち込む鍛錬法によって豪打は造りあげられた。

立ち木に相対した修行者は、

「蜻蛉《とんぼ》」

と称する独特の構えから擦り足で立ち木に走り寄り、打ち込むのだ。

磐音はこれまで相対した示現流の遣い手が掌に残した感触を思い出しながら、

「南郷どのの配下は二十数人と大番頭どのに聞き及びましたが、確かですか」

「木曽に入った腹心の間垣らが戻ってくれば、それくらいの人数でしょう。ですが、手応《てごた》えがありそうな者はおよそ五、六人でしょうか」

磐音らを乗せた川船の行く手に、黒々とした屋敷が流れに突き出ているのが見えた。美濃屋の別邸川屋敷だろう。

磐音は木曽川の土手を見ながら、姿も見せず磐音の乗る船を追尾しているはずの者を思った。

「清水どの、できることなら南郷らとの戦いを避けて、高橋伝五郎どのと弥勒覚兵衛を助け出したいのです。手助け願えますか」

「それがし、そのためにこちらに参りました」

磐音の返答はきっぱりとしていた。

川船はゆっくりと灯りもない川屋敷を通り過ぎ、下流部の河原に舳先を乗り上げた。

四

水源を信州木曽郡木祖《きそ》村の鉢盛山南方に持ち、鳥居峠の西側の谷を抜けて中山道の北側を流れ下る木曽川は、美濃路に入って伏見宿と太田宿の間で街道の南側へと移った。太田の渡し船で旅人も中山道も左岸から右岸に乗り変わるのだ。

磐音ら五人は、老松が五本並んでこんもりとした土手の上に陣取り、暗闇《くらやみ》に沈む美濃屋川屋敷を眺めていた。

「清水どの、われら、何度か川屋敷に潜入を試みましたが、高橋伝五郎どのの気配はございませんでな。もし生きて捕らわれの身なれば、川屋敷とは別の場所ではと考えております」

と内浦が磐音に言った。

「弥勒どのがいきなりそちらに運び込まれることが考えられますか」

「木曽から美濃路では、この流れを使うのが一番便利な輸送の手立てにございます。間違いなく美濃屋の面々も弥勒を陸路より川下りで運んでくるはず、となればこの川屋敷に一旦着けるのがいちばん便がよいのです」

と内浦が言い切り、提案した。

「筏が着く前に川屋敷に忍び込みますか」

「いえ、ただ今は南郷一統に怪しまれることは慎んだほうがよかろうと思います。いかがですな」

しばし考えた内浦が大きく闇の中で頷いた。

大きな流れの縁だ、暑さは感じられず涼しいくらいだ。

河原を時折り螢《ほたる》が淡い光を放ちつつ飛び交う。その光が、不安を胸に抱えながら待ち伏せる五人を慰めてくれた。

「そろそろ筏が現れてもいい頃だがな」

と海蔵が呟いた。

だが、その様子は全くない。

十四夜の月が雲間に隠れ、流れに映る月明かりも消えた。

そのとき磐音は、上流で伐《き》り出された木と木を結んだ蔦《つた》かずらが絡み合う音を聞いた。

雲が流れて再び川面がうっすらと月明かりに映じたとき、夜の木曽川を下ってくる長大な筏が姿を見せた。それはまるで八岐大蛇《やまたのおろち》が流れを下る姿にも似ていた。

「来た」

と思わず海蔵が声を洩らした。

美濃屋の川屋敷に灯りが灯《とも》り、それは不寝番《ねずのばん》が暗闇から木曽川を見張っていたことを示していた。

「迂闊に忍び込んでいたら、われら、弥勒の二の舞になるところだったぞ。清水どの、助かった」

と内浦が磐音の判断に感謝した。

川並は夜にも拘《かかわ》らず確実に長筏を木曽川の蛇行する右岸に近づけていき、川屋敷からも出迎えの面々が姿を見せた。

海蔵が見たように長筏の真ん中に苫屋根《とま》があり、その小屋から人影が六、七人現れ、出迎えの仲間と声を掛け合った。

長筏から一つの影が流れに飛び下り、苫屋根から縛られた捕らわれ人がよろめき出て、流れに突き落とされた。

「弥勒覚兵衛」

月明かりで同僚と確かめた内浦新八が呟いた。

次々に筏から流れに飛び下りた面々が、弥勒を引き従えて河原に上がった。そして川屋敷へと姿を消した。

木曽から捕らわれ人と南郷一統の腹心間垣らを乗せてきた長筏は、何事もなかったように再び流れの縁から真ん中へと戻り、大きく蛇行した木曽川に溶け込んで没した。

「われらも川屋敷に忍び込みますか」

と内浦が立ち上がった。

「いえ、今しばらく様子を見ませぬか」

磐音がこのまま見張ることを提案した。

内浦がなにか抗弁しかけたが、尾州茶屋の大番頭が連れてきた磐音の正体が今一つ知れぬせいで、言葉を喉の奥に押し込んだ。

時が流れていく。

不意に川屋敷の表門付近に大勢の人の声がしたかと思うと、乗り物でも担いで出立する気配が感じられた。

「表門から弥勒覚兵衛がどこぞに運ばれていくのではないか」

と内浦が呟くように言い、非難するように磐音を見た。

だが、磐音は動かない。

「ここは辛抱の時です」

それから半刻《はんとき》（一時間）が流れて、東の空に朝の気配が感じられるようになった。

だが、夜から朝へと移行する前に深い闇が木曽川河原を覆った。

上流から一艘の早船が下ってきて、川屋敷の河原に寄せていった。すると川屋敷にひっそりと待機していた一団が河原に走り出てきて、漕《こ》ぎ寄せられる船に飛び乗った。その中に捕らわれ人の弥勒の姿もあった。

最後に塗笠を被った武芸者が飛び乗ると、船は一瞬の間も船足を止めることなく、磐音らが待機する土手の前を矢のように流れ過ぎていった。

磐音は塗笠の武芸者が南郷十右衛門と悟った。

磐音らも河原に隠した川船に走り戻り、舫い綱を解く者、竹棹《たけざお》を握る者、船を岸辺から押し出す者と分かれて、急ぎ流れに乗せた。

磐音も最後に飛び乗り、弥勒を乗せた早船を追尾し始めた。だが、先行した早船はすでに小さな影になって流れに溶け込もうとしていた。海蔵の櫓《ろ》を源次が竹棹で助けた。だが、早船とは船足が違った。

「なんとも船足が早いぞ、海蔵」

と内浦が焦りの声を上げた。

磐音は岸辺を駆けるはずの人影を脳裏に思い浮かべて、小さくなる早船を凝視していた。

朝の光が緩やかに強さを増した。だが、こんどは川面から立ち昇る朝靄に視界を閉ざされ、弥勒を乗せた早船は完全に朝靄の中に姿を没した。

「ああ、消えた」

玉吉が呟いた。

そのとき、朝靄を掻き分けるように木曽川の流れに朝の光が射し込んできた。

流れが見えた。だが、弥勒覚兵衛を乗せた船の姿は木曽川から掻き消えていた。

「あああ」

内浦が嘆息した。

磐音は、右岸に時折り姿を見せる酒倉《さかくら》、取組《とりくみ》、勝山などの集落から立ち昇る炊煙をじっと見ていた。やがて絶景が姿を見せた。『木曽名所図会』に、

〈此側の風光いちじるしくして岩谷崔嵬《さいかい》たり。他境にすぐれて奇絶の所也〉

と記された岩谷観音淵の流れだった。

蛇行する流れが岩場の下で大きな渦を巻き、往来する船を呑《の》み込みそうだった。

磐音が岸辺の景色に気を取られるのを認めた玉吉が、

「清水様、この辺りを岩谷観音淵と呼びまして、陸路の観音坂とともに美濃路第一の絶景の地にございます」

と教えた。

磐音は、流れに沿った中山道が上り下りしている坂道を走る人に思いを馳せていた。この先も長坂、うとう坂、さいの神坂、天王坂と里人に呼ばれる上り下りが繰り返される。

「どこへ消えたか」

内浦が言葉を洩らしたのは、鵜沼宿が流れの向こうに望遠されるようになった辺りだ。

木曽川もこの鵜沼を過ぎると尾張平野に入り、流れを緩めて下ることになる。

そのとき、行く手の河原に人影を見た磐音は、

「海蔵どの、あの者のもとに船を着けてくだされ」

と命じた。

内浦が磐音の顔を訝しげに見た。

川船は静かに河原に接近し、黒衣に身を包んだ霧子の肩に朝露が光っているのが磐音に見えた。

「若先生、お待ちしておりました」

霧子が磐音に言った。

「ご苦労であったな、霧子」

優しくも磐音が労《ねぎら》い、船を下りた一行をこちらにと言って霧子は案内を始めた。

狭い河原の向こうに峨々《がが》たる巨岩が立ち塞がっていたが、霧子はそちらに向かっていった。

「おこん様は尾州茶屋の家作に移られました」

磐音は全貌《ぜんぼう》が知れぬ三郎清定の御用をなんども胸の中で推考した上で、初期の考えを変えた。

弥助と霧子を美濃路の旅に微行させることにして、おこんを尾州茶屋中島家に預けたのだった。

二人は三郎清定に従う磐音らより一日遅れで名古屋を出立した。

磐音は美濃路の宿外れを通過するとき、弥助と霧子に宛てた連絡《つなぎ》をつけた。

宿外れの野地蔵などに布切れの連絡文《つなぎ》を残し、後から来る二人に先々の行動を知らせていたのだ。美濃路の途中で磐音に追いついた弥助と霧子主従は、磐音らの前に姿を見せることなく、連絡文の命を静かに遂行してきた。

また太田宿の離れ旅籠での集まりの様子を、霧子が床下から密《ひそ》かに聞き取り、弥助に伝えて先へ先へと行動してもいた。

内浦新八は、清水平四郎がまさか供連れとは夢想もしなかったようで、言葉をなくしていた。

一方、玉吉は清水平四郎が偽名であることも、なにか曰くがあって女房を連れて旅をしていることも承知していた。ために聞安寺で見かけた娘が突然鵜沼外れの河原に姿を見せても、不思議とは思わなかった。

「霧子さんは清水様のご家来ですか」

「玉吉さんは霧子を承知でしたか」

「はい、聞安寺でお見かけしました。お連れの弥助さんといい、この霧子さんといい、ただ者ではございませんね」

「尾州茶屋の手代どのが、ただの呉服問屋の手代どのではないこともござろう」

と答えた磐音に玉吉がおかしそうに笑った。

霧子は河原に残された糸くずを頼りに、磐音らを河原に立ち塞がると見えた巨岩の裂け目へと案内していった。

洞窟《どうくつ》は入口こそ狭かったが、中に入ると膨らみを持って天井も高く、こうもりが棲《す》んでいるのか鳴き声が不気味に響いていた。

洞窟の奥に光が見えた。

霧子は光に向かって真っ直ぐに進み、巨岩の内部に自然が生み出した洞窟を出た。狭い岩と岩の割れ目から朝の光がところどころ射し込み、その光が導く天空へと石段が続いていた。

糸くずが石段の一段目に残されていた。弥助が通った証《あかし》だった。

高さ十数丈の石段を上りつめると、先導する霧子の乱れた髪を風がなぶった。

磐音らも霧子に続いて上りきった。

巨岩の頂きは千畳敷の平ったい岩場で、千畳敷の向こうに茶色の岩山が屹立《きつりつ》し、その岩壁の大きな窪《くぼ》みに真っ黒に塗られた寺が見えた。

玉吉が恐ろしげな声で、

「これは噂に聞く岩谷《いわや》暗闇寺《くらやみでら》ではないか」

と呟いた。

「間違いなかろう」

と海蔵が応じた。

「岩谷暗闇寺とな」

「昔から岩谷観音近くに岩谷暗闇寺があると伝えられてきたのですが、その在《あ》り処《か》を見た者はないとか、見た者はすぐに命が失われるとか、あれこれ不吉な言い伝えがございますので」

「まさか真《まこと》に岩谷暗闇寺があろうとは考えもしなかった」

と内浦も呟いた。

「どうする」

と海蔵が洩らした。

「千畳敷に身を曝しては、すぐに南郷十右衛門一派の見張りに見付かろう。この場で待機いたそうか」

「霧子さんの次には弥助さんが姿を見せられるのですか、清水様」

磐音が微《かす》かに笑った。

千畳敷の割れ目の間で磐音らは時が過ぎるのを待った。

夏の光が強烈に射し込み始めた。もはや千畳敷に日陰を見付けるのは難しかった。

四半刻（三十分）、半刻と時が経過して、弥助が岩の割れ目から忽然《こつぜん》と姿を見せた。

「やっぱり弥助さんが見えられたぞ」

と玉吉は自分の推測に満足したようで笑みを洩らした。

「清水様方は何者ですね」

「尾州茶屋家に世話になる者です」

と磐音が答えて、弥助に、

「夜の美濃路を走らせましたな」

「そのお蔭でなんとか捕らわれ人を見付けました」

「高橋伝五郎どのも生きておられますか」

「へえ、高橋様と思えるお武家と小者の三造さんも、あの山寺下に掘られた岩の牢舎《ろうしゃ》に鉄鎖で繫《つな》がれておられます。岩の割れ目からちらりと覗いたので確かなことは言えませんが、なんとか耐えておられます」

「よき知らせかな」

と内浦がほっと安堵の声を洩らした。

「弥勒覚兵衛どのも岩谷暗闇寺に連れ込まれたのですね」

「若先生、いかにもさようです」

「よし、少なくとも三人の安否が確かめられた」

と磐音は首肯すると、

「南郷十右衛門という美濃屋一派の頭目も寺に入ったであろうか」

と訊いた。

「はい、たれぞを待機する様子にございます」

「よし、ならばこちらも陣容を整え直さねばなるまいな」

と呟く磐音に玉吉が、

「清水様、お指図を」

この場の頭分が磐音と認めたように願った。内浦にも海蔵にも異存はないとみえ、首肯した。

「海蔵どのと源次どのは、ご苦労じゃが太田宿の旅籠に立ち戻り、大番頭の三郎清定どのに、昨夜《ゆうべ》から見聞きしたことのすべてを告げてもらえぬか」

「合点です」

「われらは高橋伝五郎どのらを助け出す算段を考える」

「若先生、痛めつけられた高橋様らを連れて、わっしが抜けてきた岩の割れ目を移動し、河原に下りるのは、至難の業でございますよ」

弥助の言葉に磐音は頷いた。

「夏の陽射しのもと、この千畳敷を横切るのは無理であろう。高橋どのらを救い出すのは夜を待つしかあるまい」

「難儀は、高橋どの方三人を連れての脱出行でございますね」

「海蔵さん、このことも大番頭どのに告げてくだされ」

「鉄鎖を切る道具も用意してきます」

海蔵と源次が木曽川の河原へと石段を下っていった。

残されたのは磐音、内浦、玉吉、弥助、霧子の五人だ。

「こう陽射しに照りつけられては、われら一日で日干しになります。岩谷暗闇寺の様子を見通せる場所に移り、日陰を探しましょうか」

という弥助のもっともな提案に磐音らが立ち上がった。

半刻後、磐音たちは岩谷暗闇寺の本堂下、洞窟の一部を見通せる岩棚に、夜まで待機する拠点を設けた。そこなら五人がゆっくり体を休めることができたし、岩の割れ目から清水が湧いて飲み水にも困らなかった。

「いささか腹が減ったな」

と内浦が言い、

「高橋どののことを思うと贅沢な悩みじゃがな」

と苦笑した。

「内浦様、糒《ほしいい》を召しあがりますか」

と霧子が腰に下げた革袋から乾燥させた米を取り出した。

「それがし、材木役所の山廻りをしておって、あれこれと食することがあるが、戦国時代の食い物など口にしたことがないぞ。美味しいかのう」

と掌にわずかな糒を貰った。玉吉も同じように糒を掌に貰った。

「若先生、どうなされますな」

弥助が磐音に尋ねた。

「それがし、いっとき眠らせてもらおう」

と岩壁に背をつけて、包平《かねひら》を両手に抱えて両眼を閉じた。

「霧子さん、このまま食べるのですか」

と玉吉が霧子に訊いた。

「むろんこのままでもゆっくりと咀嚼《そしやく》すれば食せます。ですが、ここには水がございます。水に浸せばすぐにやわらかくなって食べられます」

と霧子が岩清水に浸してみせ、革袋から塩を出して振りかけて口に入れた。

内浦たちが霧子の真似《まね》をして、

「存外に美味いぞ」

「腹の足しにはなりそうだ」

と言い合い、

「それにしてもそなた、何者か」

と内浦が霧子に関心を抱いた問いを聞きながら磐音は眠りに落ちた。

第五章　雲燿と間

一

　磐音が眠りから覚めたとき、岩谷暗闇寺の岩棚に西日が射し込み、すでに夏の夕暮れが近いことを教えていた。

　岩棚にはだれ一人としていなかった。

「よう眠った」

　と呟いた磐音は岩棚から湧きだす清水で喉を潤し、ついでに顔を洗った。岩棚を出て笹藪《ささやぶ》で用を足すと身心がすっきりとして、いつもの英気が蘇ってくるのが分かった。

　岩棚に戻ると霧子と玉吉がいた。

「内浦様は河原に出て、大番頭様方の到来を待ち受けておられます」

と玉吉が告げた。

「そなたらばかりに働かせておるようじゃな」

「よう寝ておいででした、清水様」

と玉吉が笑い、

「鵜沼宿まで参り、街道の飯屋で握り飯を作ってもらいました。霧子さんの糒《ほしいい》も腹の足しにはなりましたが、炊き立ての飯で握った握り飯には敵いません」

と言うのへ、竹皮包みを霧子が黙って差し出した。

「これは有難い。そなたらの分はあるか」

「私と玉吉さんはあちらで食べて参りました。河原に下りておられる内浦様にもお渡ししてございます。残る一つは師匠の分です」

「弥助どのはどちらに行かれた」

と磐音が訊くところに、ふわっとした気配が漂って弥助が戻ってきた。

「若先生、岩谷暗闇寺に美濃屋や材木役所材木方目付栃尾七蔵、大坂の材木問屋摂津屋の番頭などが顔を揃えて、高橋伝五郎様ら捕らわれ人三人の始末が話し合われる様子です」

と報告した。

「弥助どの、高橋どのらの様子はどうじゃ」

「岩棚は風も通り、存外涼しいものですから、なんとか持ち堪《こた》えております」

霧子が報告を終えた弥助に最後の竹皮包みを渡した。

「若先生、師匠。私と玉吉さんで相手方の様子を覗いて参ります」

「決して気取《けど》られてはならぬ。われらの目的は高橋どの方を奪い返すことじゃ」

磐音に注意された霧子と玉吉が頷き合い、岩棚を出ていった。それを見送った磐音と弥助が竹皮包みを解《ほど》いてみると、二つの塩握りに鮎《あゆ》の甘露煮、漬物まで添えてあった。

「まさかかような場所で、まだ温もりが残る炊き立ての握り飯に甘露煮まで食せようとは」

「なんとも贅沢ですな」

と言い合った。

頬張《ほおば》ると塩加減が絶妙な握り飯で、磐音はついいつもの癖に落ちようとした。だが、敵地にあって捕らわれ人の身を案じるのがまず務めと、平静さを保った。

その様子を見た弥助が、

「若先生、鮎の甘露煮の身の柔らかいこと」

と教えてくれた。小ぶりの鮎を頭からかじってみると、煮付けた焼鮎の味が口の中に広がり、

「これは絶品」

と磐音は思わず御用も忘れてにんまりした。

「なにしろ木曽川で採れた川魚にございますからな」

玉吉と霧子が気遣ってくれた握り飯と甘露煮、香の物の夕餉を二人は食し終えた。

薄暗くなった岩棚に風のように霧子が戻ってきた。

「若先生、師匠、様子が変です。急ぎ高橋様方を牢舎から暗闇寺に連れていき、なんぞ行うようにございます」

「三郎清定どの方はまだ見えられぬな」

と自問するように磐音が言い、

「材木役所や会所と連絡《つなぎ》をとり、陣容を整えるのに時を要しているようにございますな」

と弥助が答えた。

「致し方ない。高橋どの方の身になにが起こってもならぬ。われらだけで奪い返せぬか、試してみようか」

「わっしらが岩谷暗闇寺に潜入していることを南郷一派が未だ承知していないことが、勿怪《もっけ》の幸いにございますな」

磐音と弥助は言い合うと、急ぎ戦いの仕度を整えた。

磐音は愛刀の備前包平《かねひら》を手にし、弥助は懐から鉤の手のついた縄を取り出した。霧子は腰に下げた革袋から胡椒《こしょう》や唐辛子を混ぜ、紙に包んだ目つぶしを出して確かめた。

霧子の先導で、半日世話になった岩棚の塒《ねぐら》を出た。

岩の割れ目を伝い、材木奉行の密偵高橋伝五郎と弥勒覚兵衛と小者の三人が捕らわれている牢舎に向かった。三人の中で初めて牢舎に向かうのは磐音だけだ。霧子と弥助の後に従うと、前方から松明《たいまつ》が燃える臭《にお》いがしてきた。そして、玉吉が不安げな様子で、岩棚から灯りが零《こぼ》れる牢舎を見下ろしていた。

「玉吉さん、下の様子はいかがです」

「切迫した様子ですよ」

霧子と玉吉が潜み声で言い合い、玉吉は霧子に従った磐音の姿を見て安堵した様子があった。

磐音らは岩棚に身を伏せて牢舎を見下ろした。

髭《ひげ》ぼうぼうの高橋と思える捕らわれ人の鉄鎖の先に付けられた鉄環が、足首から外されようとしていた。弥勒覚兵衛と小者はすでに鉄環から解き放たれ、縄で縛られ、洞窟の牢舎の地べたに無造作に転がされていた。

磐音は相手方の人数を数えた。

南郷十右衛門配下の武芸者が三人、あとは美濃屋の手勢か、山刀や長脇差《ながわきざし》を腰に差した男ら五、六人だ。

「この機を逃してはなるまい」

磐音の声にさっそく行動が開始された。

すでに牢舎への下り口を見付けていた霧子が、岩棚の狭い割れ目に身を入れた。磐音、玉吉が続いたが、弥助は別の下り口から向かうつもりか、三人が振り返ると岩棚に中腰で立ち、鉤手のついた縄を手にしていた。

磐音の耳に牢舎からの声が響いてきた。

「なかなか鉄環が外れねえ」

「こいつ、自分の小便を何日も前から鍵穴《かぎあな》に引っかけて仕掛けを腐らせようなんて、小賢しいことを考えやがった。鍵が外れないのは錆《さ》びついたせいだ」

と言い合い、美濃屋の手下たちが最後の鉄環を高橋の足首から外すのに苦労していた。

高橋伝五郎の決死の努力がなんとか磐音たちの救出の時間を稼いでくれていた。

霧子が最後の岩の割れ目に身を入れ、牢舎へと下った。

磐音は松明の燃える臭いと一緒に外から吹き込む風を感じた。天然の牢舎の一角は、千畳敷の真上の岩場にあったのだ。

「まだ外れぬか。南郷様も美濃屋もいらいらしておられるぞ。なんでも名古屋から密偵が入り込んだという話だからな。事と次第によっては、こやつらをこの場で始末せねばならぬ」

武芸者の一人が、鉄環を外す作業を続ける美濃屋の手下らを急《せ》かした。

「二見《ふたみ》の旦那、もうちょいとなんで」

磐音は岩の牢舎の壁に六尺棒や木刀や青竹が用意されているのを見た。腰に包平を差すと、弥助を探して牢舎の天井を見上げた。すると弥助がちょうど高橋伝五郎が繋がれている洞窟の真上に、鉤の手がついた縄を頼りにぶら下がっているのを認めた。まるで巨大な蓑虫《みのむし》のような姿で、牢舎の連中に気付かれることなく少しずつ移動していた。

　弥助の姿を霧子も認めていた。

　磐音は霧子に目顔で、

「先に行く」

　と知らせ、霧子も頷いた。

　牢舎の空気に馴染《なじ》んだような磐音の歩きだった。ために誰にも気付かれることなく、一本の木刀を手に取ることができた。

「これはよい」

　独り言《ご》ちた磐音は片手で素振りをした。

　びゅん
　と木刀が牢舎の気を切り裂いた。

「うむっ」

　と振り返った武芸者が突然出現した磐音を啞然《あぜん》と見ていたが、

「そのほう、何者か」

　と思わず尋ねた。

　磐音の五体から敵対心など一切感じられなかったからだ。

「高橋どの方の身柄を引き取りに参った者です」

「南郷どのが命じられたか」

あまりの磐音の落ち着きに相手は磐音を味方と勘違いしたか、問うた。

「いえ、南郷どのではございません」

仲間が振り返り、磐音をじいっと見ていたが、

「こやつ、われらの仲間ではないぞ！」

と叫んだ。

高橋伝五郎の鉄環を外そうとしていた美濃屋の面々も振り返った。

風のように磐音が動いたのはそのときだ。

間合いを一気に詰めると、腰の刀の柄《つか》に手をかけた二人の武芸者の首筋を叩いてその場に気絶させた。

「密偵を殺せ。始末せよ」

残った武芸者の一人が叫んだ。

鉄環の錠を外そうとしていた男たちが、長脇差や懐の匕首《あいくち》に手をかけた。

蓑虫に変じていた弥助が一気に縄を下ってきて、磐音に注意を奪われた男らの頭や肩を蹴《け》りつけ、

すすっ
と高橋伝五郎のかたわらに下りると、体勢を整え直そうとする相手の向こう脛《ずね》を、その場にあった鉄鎖を摑んで殴り付けた。

「あ、痛たたた!」

鉄環を外そうとしていた二人が、長脇差を抜く間もなくその場に転がった。刀を抜いた武芸者の脇腹を磬音の木刀が強かに叩いて、仲間のかたわらに転がした。

残った美濃屋の手下が浮足立ち、逃げようとした。その一人の脛を弥助の鉄鎖が殴り付け、霧子の飛び蹴りが鳩尾《みぞおち》に決まって、一人を残してたちまち制圧された。

最後の一人は、鉄環の錠を外す道具を持ったまま茫然自失していた。

「作業を続けよ」

と磬音が命ずると、足元から声がした。

「すでに鍵は緩んでいます」

高橋伝五郎が必死で絞り出した声だった。

磬音らが見ると、高橋の手に折れ釘が見えた。牢舎の釘を抜いたか、高橋は錠前の鍵まで造っていた。

磐音の木刀の先が最後の一人の胸に移動して、

「そなた、千畳敷まで案内《あない》役を頼もうか」

と命じた。

「霧子、この者のかたわらに従い、河原までの道案内をさせよ」

「はい」

霧子は返事をすると、相手が手にしていた錠を外すための錐《きり》のような道具を奪った。

「もし変なことを考えたら容赦なく、この尖《とが》った道具をおまえさんの背から胸に突き通すからね」

雑賀衆《さいかしゅう》で女忍びの技を仕込まれてきた霧子の言葉だ。相手ががくがくと頷いた。

磐音は高橋伝五郎、弥助は弥勒覚兵衛を、そして、玉吉は高橋の小者三造を背負い、岩谷暗闇寺の牢舎からの脱出行が始まった。

四半刻（三十分）後、木刀を杖《つえ》代わりにした磐音らは千畳敷を斜めに突っ切り、さらに河原に下る石段の道へ進もうとしていた。

突然、岩谷暗闇寺に煌々《こうこう》たる光が灯り、騒ぎが起こった。捕らわれ人が奪還されたことが知られたのだ。いくつもの強盗提灯《がんどうぢょうちん》が千畳敷を照らし、その一挺が磐音たちの姿を捉《とら》えた。

光が走り、追跡が始まった。

磐音らは背に捕らわれ人を背負ったまま、石壁に刻まれた段々を伝って河原に下りる苦難の逃避行に入った。

「どなたか存ぜぬが、われらをこの場に置いていかれよ」

と背負われた高橋が言った。

「この場はわれらにお任せあれ。もう少しの辛抱にござる」

月明かりを頼りの石段下りの後、今度は暗黒の洞窟潜《くぐ》りがあった。暗闇の中で先導する霧子は常に声を発して、磐音らを励まし、ついに河原に下りた。すると木曽川の縁に灯りを煌々と灯した船が何艘も着くところだった。

「霧子、退路を断たれたか」

「いえ、お味方です。尾州茶屋の大番頭様方です」

「助かったぞ、高橋どの」

磐音らは河原をよろよろと突っ切り、霧子が独り先行して事情を知らせに行った。霧子のかたわらに残されていた美濃屋の男衆《おとこし》が、追跡してきた仲間たちのほうへ逃げ戻ろうとした。

「どういたしますか」

「玉吉どの、捨ておけ」

と磐音が言ったとき、河原に銃声が響き、磐音らが振り返ると、逃げた美濃屋の男衆が味方の銃撃を受けてきりきり舞いに河原に斃れていった。

「なんてことを」

玉吉が呻き、

「玉吉どの、気を抜いてはならぬ」

と磐音に鼓舞された三組は、大きな石の河原を走ってなんとか御用船に辿り着いた。

「お手柄にございましたぞ」

と三郎清定が磐音らの行動を褒めた。

「高橋どのらを船に乗せます」

磐音らは捕らわれ人を御用船へと乗せた。

再び河原に銃声が響き、南郷十右衛門ら一行が河原に半円に広がって御用船に迫ってきた。

「よし、船を出せ。まずは木曽川を一気に下って名古屋に戻りますぞ」

とこたびの救出劇の立役者の尾州茶屋の大番頭中島三郎清定が一行に叫んで、三艘の船に分乗した。

磐音は最後まで河原に残って全員が乗り込むのを見届けようとした。

美濃屋・南郷一派の追跡隊と河原の船の間、ちょうど中間位置に人影が立った。

その影が無言裡《り》にもう一人の首根っこを摑み、虚空に吊り下げたのを磐音は見ていた。

なんともすさまじい大力だ。

磐音は無言の相手が何者か察した。

「あっ、内浦新八どのが捕まったぞ！」

「大番頭、どういたす」

と御用船から声が上がった。

「清水様」

と三郎清定の動揺の声が河原に響いた。

内浦は気を失わされているのか、吊り下げられたまま動こうとはしなかった。

木刀を携えた磐音は、南郷十右衛門のもとに独り静かに歩き出した。

御用船も止まり、半円の追跡隊も歩みを止めた。

「南郷十右衛門どのじゃな」

相手は無言だ。その無言が南郷であることの証《あかし》だった。

「薩摩示現流の業前を拝見したい」

と磐音が問うたのは、南郷に数間と迫ったときだ。

「おはんはなん奴《やつ》か」

とぼそりと南郷が問い返した。

「直心影流尚武館佐々木道場坂崎磐音」

と南郷にだけ聞こえる声で本名と流儀を名乗った。

「西の丸様剣術指南役じゃった人物か」

「いかにもさようにござる」

「相手に不足はなか」

南郷は気を失ったままの内浦を河原にどさりと放り捨てた。その手に柞《ゆす》の木刀があった。

磐音も牢舎から杖代わりに持参した赤樫の木刀を正眼に置いた。

南郷十右衛門は八双の構えに立てた。

「一の太刀を疑わず、二の太刀は敗北」

を信じ切った構えだった。

一の太刀で相手を倒す、その完璧《かんぺき》なる自信は、太刀打ちの速さから生じたものだ。

紙を貫く錐が表から裏に達する時間を、

「雲燿《うんよう》」

と呼び、雲燿の一瞬の太刀打ちの技を会得することを終極の目的として、立ち木打ち一日一万回もの猛稽古を繰り返す。それも連日、何年にもわたってだ。

南郷十右衛門はその雲燿の神技に達した、数少ない会得者だ。

間合い六、七間。

二人は動かない。

木曽川の岩谷観音の曲がり淵に粛として声もない。

南郷十右衛門の気の高ぶりを感じながら、磐音は木曽の自然に同化したように静かに呼吸を繰り返していた。

気が熟したか、南郷十右衛門が突進してきた。そして、不動の磐音の前、二間のところで虚空に飛び上がった。

「ちぇーすと！」

辺りを震撼させる気合いが河原に響き、雲燿の間で柞の木刀が落ちてきた。

不動の磐音がそろりと、右足にかけていた体重を後ろに引いた左足に乗せ換えた。これで数寸の違いが生じたが、河原のだれ一人として気付いた者がいなかった。

虚空にあった南郷十右衛門も間合いの変化に気付かなかった。

「ああっ！」

と三郎清定が思わず悲鳴を洩らした。

南郷の柞の木刀の切っ先が磐音の額に落ちてきた。

磐音は動く意思はない。

虚空を裂いて圧倒的な力が押し寄せてきた。

磐音は切っ先が眼前数寸のところで空を切るのを、瞬きもせず見ていた。

南郷が磐音の前に、ふわりと片膝《かたひざ》をついて蹲《うずくま》ったように着地した。そのままの姿勢で身じろぎもしなかった。

磐音も動く気配はない。

勝負はすでに決着していた。

「一の太刀を疑わず、二の太刀は敗北」

磐音がすいっと身を引くと、

「内浦どのの身柄頂戴いたす」

河原に横たわる内浦を抱え上げた磐音は御用船に戻った。

その間も南郷十右衛門は岩谷観音淵の河原の石になったように動く気配はなかった。

磐音と内浦を最後に乗せた尾張藩材木奉行方の御用船は、岸辺を沈黙のまま離れ、名古屋へと向かった。

二

おこんを尾州茶屋中島家から引き取った磐音は、再び聞安寺の長屋での弥助、霧子主従四人の暮らしに戻った。

中島家では、茶屋町筋裏の尾州茶屋の家作に引っ越してこられませぬかと何度も磐音を誘《いざな》ったが、おこんらと話し合い、聞安寺に戻ることにした。

田沼意次の刺客をいつ何時迎えるか知らぬ身だ。尾州茶屋中島家にこれ以上の迷惑をかけたくないという想いがあったからだ。

磐音はいつもの暮らしに立ち返り、尾張藩ご流儀影ノ流藩道場に通う日々を再開していた。

磐音が突然名古屋を離れたことは、藩道場の門弟らに少なからぬ動揺を与えていた。師範の馬飼籐八郎などは、

「今少し清水平四郎どののご指導を仰ぎたかった。なんとかして名古屋に戻ってこられぬか」

と心待ちにしていただけに、その朝、磐音の姿を見付けると早速稽古を願った。

磐音はいつものように竹刀を構えたが、馬飼のほうは一旦相対した構えを崩して、

「なんだか、以前の清水どのとは様子が違う」

と呟いたものだ。

その呟きを聞いたのは磐音に稽古をつけてもらおうとしていた藩道場の高弟衆だったが、馬飼に先んじられてまだ二人のそばに未練げに残っていたのだ。

「様子が違うとはどういうことだ、馬飼」

馬飼の先輩格の師範麻生角左衛門《あそうかくざえもん》が質した。

「どう申せばよいのか、清水どのが手の届かぬところに去られたような。こればかりは、相対してみませぬとお分かりになりますまい」

馬飼の感覚は剣者のみが肌で感ずるものだ。

木曽川岩谷観音淵の薩摩示現流南郷十右衛門との一合だに打ち合わぬ勝敗の決し方と体験が、剣術家坂崎磐音をなにか新たな領域に誘い、勝負勘を会得させていた。馬飼はそのことに気付いたのだ。

「馬飼、立ち合わぬと分からぬとな。ならばそれがしが」

馬飼を押しのけて麻生が竹刀を構えた。

「どこが違うか分からぬな。相変わらず茫洋《ぼうよう》として捉えどころがない剣術かな」

と意見を述べた麻生が、

「清水どの、馬飼が申す様子が違うところを、それがしにご伝授願いたい」

と馬飼の代わりに一番手を奪った。

「あっ、麻生様、いささかずるうございますぞ」

馬飼が慌てたが、麻生はすでにその気で磐音に打ち込んでいった。

もうこうなれば致し方ない。磐音も初めて相手する師範の麻生角左衛門と打ち込み稽古を始めた。

磐音は次々に交代する影ノ流の猛者《もさ》を相手に、無心に稽古に熱中した。汗を流し、稽古に没頭することで、美濃への旅での真剣勝負の荒れた気持ちが薄れていった。

この朝、馬飼とは最後にたっぷり半刻（一時間）ほど竹刀を交えた。

お互いが阿吽《あうん》の呼吸で竹刀を引いたとき、馬飼が磐音に対して師のように敬い、先に正座して感謝し、

「清水どの、最前それがしが感じたものが、ただ今の稽古には感じ取れません。どうしたことでしょう」

「馬飼様が新たな剣者の感覚を身に付けられた証にございましょう」

「さようでしょうか」

磐音は笑みを浮かべて首肯した。

馬飼籐八郎には謎《なぞ》として残った。だが、このことが馬飼に不快の念を抱かせたわけではない。

「清水どのが尾張滞在の間に、なぜそれがしが訝しゅう感じたか、その謎を突き止めてご覧に入れます」

馬飼は宣告した。

磐音にとって稽古に熱中する至福の日々が戻ってきた。

晩夏に向かって尾張は暑さが最高潮に達した。

この日も磐音は馬飼籐八郎と木刀稽古に没頭していた。

朝からぎらぎらとした陽射しが照り付ける日であった。

二人が稽古を終えたのを見計らい、道場主の石河季三次が磐音に歩み寄って、

「清水どの、熱心な指導、ご苦労にござった。もはやそなたは尾張藩道場の客分のみならず、尾張徳川家の客分にござる」

と告げ、

「奥に通ってくれぬか、待つ人がおられるでな」

と話しかけた。磐音はただ頷くと、

「汗をかいた稽古着を着替える時間がございましょうか」

と尋ねた。

「その程度の余裕はござる。井戸端で汗を流してこられよ」

と応じた。そこで磐音と馬飼籐八郎は共に井戸端に行った。

尾張徳川の藩道場の井戸はすべてが石組でできており、門弟衆が何十人も一時

に稽古の汗を流せる広さもあった。

磐音と馬飼の姿を見た若い門弟今里右近が、

「清水先生、この桶の水をお使いください」

と運んできた。

「今里どの、それがし、そなたに先生と呼ばれる資格などござらぬ。清水で結構にござる」

「いえ、それがし、石河先生にも許しを願うております。清水様には勝手に師の一人に加わってもらいました」

「今里、そなた、なかなか抜け目がないのう」

と苦笑いした馬飼に今里が、

「師範、いつぞや洩らされた謎、得心なされましたか」

「なんとのう分かったようだ」

と馬飼が応ずると、

「なんとも頼りのうございますね」

「今里、そなたはそのようなことを感じたことはないか」

と馬飼が問い返した。

「それがし、剣術の稽古で漠とした考えなど抱いたことは一度もございません。日々稽古に研鑽いたさばそれだけ技と力がつく、それだけのことにございます」

「なんとも爽快《そうかい》で羨《うらや》ましい」

と馬飼が苦笑いした。

「それがし、過日清水様が名古屋を留守にされた間にも打倒清水平四郎先生の稽古を積みましたで、確実に差は縮まったと確信いたします」

「おお、差が縮まったとな。それはなかなかの自信かな」

「師範、ところが清水様とそれがしの間には、元々この地上と星辰《せいしん》の間もの膨大な差がございました。縮まったというても指先ほどの縮まりよう、総体に変わりはございません」

と屈託のない返答をすると、ご免と言い残して若い門弟仲間のところに戻っていった。

「右近め、言いよるわ」

「伸び盛りの若い頃は、遥《はる》か彼方と思えた差を一夜にして乗り越えることもござろう。今里どのの若さが羨ましく思えます」

「清水どのは、神伝一刀流という流儀にございましたな。東海道筋小田原辺りでは、盛んに行われておりますか」

「いえ、小田原城下で神伝一刀流を修行した者はそれがしだけにございましょう。亡き父から流儀を伝授されたものにござれば、神伝一刀流の発祥がどこか聞き洩らしました」

と磐音は馬飼の問いを躱した。

磐音の身分を藩の重臣方や尾州茶屋中島家の主や大番頭がすでに承知していたとしても、それが藩内に広まることを避けたいと思ったからだ。

磐音と馬飼は今里が汲《く》んでくれた桶の水で稽古の汗を洗い流してさっぱりとして控室に戻り、白地の絣《かすり》と夏袴《なつばかま》を身につけた。磐音が名古屋を留守にした間におこんが用意してくれたものだ。

「清水様、おられますか」

と控室の外から小姓の声がして磐音は廊下に出ると、

「案内いたします」

と導かれ、藩道場の奥座敷に通された。そこには尾張藩両家年寄の竹腰忠親、道場主石河季三次、尾州茶屋の三郎清定と見知った顔の他に、数人の家臣らが集っていた。

磐音が廊下に座して一礼すると、

「清水どの、美濃行き、ご苦労にござった」

と竹腰が挨拶し、

「そこでは間遠い。こちらに」

と磐音を手招きして座敷に入るよう命じた。

「それがし、こちらにおられる尾州茶屋の大番頭どのの旅のお供をしただけにございます。なんのことがございましょう」

と磐音が笑顔で言い返し、廊下から座敷に上がった。

「美濃での首尾、訊かずともよいのか」

「竹腰様、結構にございます」

磐音の返答はきっぱりとしていた。

「この場には勘定奉行、町奉行、目付方、材木奉行が顔を揃えておる」

「竹腰様、それがし、最前も申しましたが、尾州茶屋の大番頭どのに美濃を案内されていささか見聞を広めただけにございます。それ以上のことは」

「尾張の揉《も》め事と申すか」

「恐れながらさよう心得ます」

「ならば仔細は申すまい。すでに鵜沼宿材木問屋の美濃屋、材木奉行在所方、摂津の木材商の番頭らを藩目付がひっ捕えてただ今厳しい詮議《せんぎ》の最中である。藩の貴重な財源木曽の美林の横流し騒ぎが解明の緒についた」

磐音はただ首肯した。

「そなたが木曽材木奉行支配下の密偵高橋伝五郎、弥勒覚兵衛ならびに小者三造を悪人ばらから奪い返してくれたゆえ、かように迅速な手配と調べが進んだのだ」

「竹腰様、それがし、美濃を知り、尾張が御三家筆頭の意味を知りましてございます。貴重な見聞、感謝申し上げるはそれがしにございます」

「ふっふっふ」

と満足げな笑みを洩らした竹腰が、

「清水どの、一人だけそなたに引き合わせておこうか」

と座敷の一番端に緊張に顔を強張《こわば》らせて座す人物を、これへと磐音の前に招いた。

「木曽材木奉行山村総兵衛である」

磐音は、竹腰の口添えに畏まった初老の木曽材木奉行に会釈した。

尾張の豊かな財源の象徴木曽美林を監督する木曽材木奉行の禄高は百五十石であった。万石以上の両家年寄竹腰忠親と同座することなどまずない。

　山村が緊張に身を強張らせる原因だった。

「清水どのに申しあげる。支配下の高橋伝五郎、弥勒覚兵衛、小者三造の命をお助けくださり、それがし、感謝の言葉もございませぬ。こたびの材木横流しが生じた一因は、それがしの監督不行き届きにございます。それがしの失態をようも清水どのには助けていただきました」

　と山村が白髪《しらが》頭を下げた。

「あいや、山村どの。ご家老に申し上げたとおり、それがし尾州茶屋の大番頭どのの案内で美濃見物に参ったまでにございます」

　と磐音はあくまで押し通した。

「ふっふっふ」

　と含み笑いを洩らした竹腰が、

「山村、そなたの屋敷に、清水明神か稲荷《いなり》を勧請《かんじょう》してはどうか」

　と言い出した。

　かようなときは竹腰が上機嫌のときだ。

「ご家老、この話、清水どのが重ねがさね遠慮なさるゆえ、やめにしましょうかな。されど、この石河、美濃見物の一情景を清水どのの口からお聞きしたいのですが、この儀いかがにございますな」

と石河季三次が言い出した。

「岩谷観音淵での南郷十右衛門との戦いか」

「いかにもさようにございます」

どうやらこのことを承知なのは竹腰、石河の二人だけらしい。

「石河様、岩谷観音淵の戦いとはなんでございますな」

と町奉行の塩谷正五郎《しおやしょうごろう》が口にした。

「尾州茶屋の大番頭、そなたは戦いを見た一人じゃな」

と石河が三郎清定を質した。頷いた三郎清定が、

「竹腰様、石河様、なんとも不思議な戦いにございました。商人の私は、不動の清水平四郎様がなぜ勝ちを得られたか、未だ判然といたしませぬ」

「どういうことか」

「戦いが行われたのは河原、刻限は未明にございます。また私どもは船上にございましてな、清水様と南郷様が対決なされた場所からかなり離れておりました」

「続けよ」

と竹腰が命じた。

「南郷十右衛門様は薩摩示現流の奥義《おうぎ》を極めた達人とか。そのお方と清水様はおよそ五、六間の間合いで対決なされ、清水様は木刀を正眼に、南郷様は顔の右横に木刀の柄を保持する八双に構えておられました。先手をとられたのは南郷様にございまして、河原の石を踏み砕くように走り、不動の清水様の手前で高々と跳躍なされました」

「おう、相手は飛んだか。して、清水どのはどうした」

「ご家老、不動のままで」

「ほうほう、それで」

「高く飛んだ南郷様が清水様目がけて木刀を振り下ろしながら、天から落ちてきました。猿叫《えんきょう》の如きなんとも奇妙な気合いが河原に響きわたり、木刀が清水様の額か脳天を強打したかに見えましてございます」

「清水どのはいかがした」

と石河が問い質す。

「微動だにされておりませぬ」

「ならば南郷の木刀が清水どのの額をかち割っていなくてはならぬ」

「ご家老、南郷様はすでに河原に片膝を突いており、屈み込まれました。勝負はそれだけにございます」

「相手の木刀がかすりもせず、清水どのも反撃を加えず、南郷も二の太刀を振わなかったとな」

と目付方の川端達蔵《かわばたたつぞう》が自問するように呟いた。

「岩谷観音淵の時が止まったようで、敵も味方も粛然として沈黙しておりました。しばらくして清水様が、捕らわれていた内浦様の体を肩に抱え上げられ、船に歩いてこられました」

「ふうっ」

と竹腰が大きな息を吐き、

「石河、反撃せずして勝ちを得るとはどういうことか」

と影ノ流の道場主に解説を請うた。石河季三次はしばし瞑想《めいそう》していたが、

「薩摩のお家流示現流の極意『一の太刀を疑わず、二の太刀は敗北』という考えに基づき、幼少の頃より『朝に五千、夕べに五千』といった立ち木打ちを修行し、太刀打ちの速さを会得すると聞いております。また対決する相手は間合いを狂わ

すために動き廻ります。その相手に切っ先三寸の見切りで稽古し、真剣勝負に際してはその三寸を踏み込んで斃すと承知しております。南郷十右衛門は、薩摩示現流でも知られた達人。当然、不動の清水どのとの間合いを計って必殺の一撃を放ったはずにございます。それが動きもせずして躱された。その瞬間、南郷は敗れたことを悟った。もはや二撃目はなかったのです」

「だが、清水どの、そなたは反撃しなかった」

と竹腰が磐音に問うた。

「勝負の窮極は死に非ず、と心得ます」

「言うたな」

「竹腰様、青臭うございますか」

「動きもせずして躱すとは真剣勝負の極意じゃが、清水平四郎どのに問うても答えまいな」

磐音は静かに微笑んだだけだった。

「そなた、相手に憐憫《れんびん》をかけて恨みを残したやもしれぬ」

と竹腰忠親が言い切った。

「南郷十右衛門どのが恨みを持たれたと言われますか」

しばらく沈黙が座を支配した。

「清水どの、われら、町奉行所、目付方、材木奉行方と即刻美濃路に入り、美濃屋らを捕縛《ほばく》したと申したな。じゃが、その中に南郷十右衛門なる者は含まれておらなかった」

「南郷どのはそれがしに恨みを抱いて再修行に入られましたか」

「しかとは申せぬ。じゃが、そなたを含めて剣を志す者は、自負に生きる者ではないか。鼻っ柱をずたずたに折られ、そなたから反撃すら与えられなかったと知った南郷十右衛門が、どう生きるか考えなかったか」

「迂闊にございました」

と磐音は答えた。

「ですが、竹腰様、それがし、南郷どのと再び相対したとして、同じ戦いを繰り返しましょう」

「無益な血は流さぬと申すか」

「そう心得ていきとうございます」

と磐音は言い切った。

三

三味芳六代目の鶴吉は、この日、神田橋御門内の田沼意次邸に、出来上がったお部屋様おすなの三味線を持参した。

屋敷の門前も玄関前も相変わらず、

「門前市をなす」

の光景があった。

猟官《りょうかん》の大名諸家や旗本らの留守居役、用人らが、田沼の用人井上寛司《いのうえかんじ》らに面会を求めて待機しているのだ。

鶴吉はお部屋様の寵愛《ちょうあい》の三味線職人として知られていたため、門番がすぐに門内に入れ、玄関番の家臣に取り次いだ。

「お部屋様はご多忙なお方、ご注文の品を置いてまいりましょうか」

と鶴吉が玄関番に言い、出来上がった三味線を置いていくふりをすると、

「あいや、鶴吉、奥に問い合わせるでしばし待て。そなたをそのまま帰したのではそれがし、どれほど叱《しか》られるか」

と苦笑いした玄関番の家臣が急ぎ奥へと向かった。

鶴吉は式台前で悄然《しょうぜん》と肩を落とす初老の用人を見ていた。

老用人は持参した紫色の包みを突き返され、それを抱えたまま縋《すが》るような目で田沼家の御用方を見た。

「今一度、井上用人にお取次を願えぬものか」

「井上様が一旦断られたものを翻意させるなど、できようか」

「これで五度目の嘆願にござる。当家に不手際がござろうか」

と哀願するように言った。

相手をする田沼家の御用方が顔を歪《ゆが》めたふりでにんまりと笑い、手にしていた扇子を半分ほど広げ、自らの顔の前に立てるとその顔を老用人に近付け、何事か二言三言囁いた。

面会を断られた老用人の顔に驚きとも絶望とも知れぬ表情が浮かび、肩を落とすと門へと向かった。その後を老用人の供侍が慌てて従っていった。

鶴吉は、包みの中に隠された小判の枚数が不足していたなと推察した。老用人の屋敷の主《あるじ》が必死でかき集めた金子では、田沼の用人に会うことすら叶わなかったようだ。

これが重商主義を掲げて政治改革を強引に進める老中田沼意次のもう一つの貌《かお》だった。

「ふうっ」

と思わず鶴吉が溜息をついたとき、玄関番が戻ってきた。

「お部屋様がお会いになる」

と言った相手が、

「本日は殊の外、お部屋様のご機嫌が麗しゅうない。お付きの者がほとほと困っておる。鶴吉、そなたの得意な喉でお部屋様を慰めてな、機嫌を直してくれぬか」

へえ、と応じた鶴吉だが、

(こちとらは三味線職人だ。太鼓持ちか幇間《ほうかん》みてえな扱いをするんじゃねえ)

と肚の中で吐き捨てた。だが、顔だけは笑顔で、

「案内をお願い申します」

と頼んだ。

田沼屋敷の奥ではおすなの怒声が飛んでいた。

「わらわが命じたはかようなものではないわ。作り直しや」

となにかを投げ捨てたような音がして、お女中衆の狼狽した言い訳がぼそぼそと聞こえた。

「お部屋様、鶴吉を伴いました」

「おお、鶴吉とな。本日は何用か」

廊下に控えた鶴吉に顔も見せずおすなが詰問するように言った。

「長らくお待たせ申しましたが、ご注文の三味線ができましてございます。お忙しいご様子、こちらに置いて参りますので後でお確かめください」

鶴吉は萌黄《もえぎ》色の布に包んだ三味線を廊下に置いて立ち上がろうとした。

「なに、わらわが頼んでおった三味線が出来上がったとな。鶴吉、差し許す、三味線をわらわに披露《ひろう》してたもれ」

「へえ」

と答えて鶴吉は三味線を膝に抱えて廊下を進み、座敷を覗き込んだ。

最前まで怒鳴っていたおすなが恵比寿顔に変わり、鶴吉を見た。

おすなが投げ捨てたものを片付けるお女中衆の顔に安堵の様子が見えた。

「長らくお待たせいたしまして、申し訳ございません」

「早う見せてたもれ」

と急かすおすなの前で萌黄の布を静かに剝《は》ぐと、障子越しの夏の光に三味線が浮かんだ。

「歴代三味芳の中でも六代目は名人中の大名人」

の世評が江都に広まりつつある鶴吉が精魂をこめて造り上げた三味線だ。

道具の材料は最高のものを吟味して使ってある。ちなみに棹《さお》は天竺《てんじく》産の紅木《こうき》、胴は花梨《かりん》、糸巻は象牙《ぞうげ》、皮は猫皮、撥《ばち》は鼈甲《べっこう》、駒《こま》は水牛と、それ以上のものを見付けるのは難しいほどの材料だった。

「おお」

と感嘆の声を洩らしたおすなも言葉が続かなかった。

鶴吉は浅草聖天町の家を出るとき、本調子に合わせてきた三味線を爪弾《つまび》き、調整した。

一の糸がびーんと響いて最高の仕上がりであることを示していた。

その音を聞くおすなの顔がなんともご馳走を前にした犬の顔のようで、涎《よだれ》を垂らしかねないほどに陶然としていた。

「三味線造りは遣う人の技」

に合わせるものと肝に銘じて三味線造りに励んできた鶴吉だ。

おすなのために最高の三味線を拵えたのは、金子のためでも職人魂に駆られてのことでもない。

行き先も知れぬ流浪の旅に出た佐々木磐音とおこんのために、田沼側の情報を少しでも摑みたい一心がこの三味線を造り上げさせたのだ。

「お部屋様、お確かめを」

鶴吉が差し出す三味線を抱えたおすなの表情がさらに緩み、うっとりと紅木の棹を、上棹《かみさお》から中棹、下棹へと撫で回した。むろん三味線はほぞ組で上、中、下と三つに分解できた。だが、どこにほぞ組があるのか、おすなには分からぬほど精巧な造りだった。

「なんともさわり心地がよい三味線かな」

「お部屋様、お得意の喉を聞かせてくださいまし」

と鶴吉が煽《おだ》てたとき、廊下の向こうに足音がし、取次の家臣が障子の陰に座した感じがあった。

「お部屋様、ご家老倉見《くらみ》金太夫《きんだゆう》様が面会を願うておられます」

「後にしてくりゃれ」

にべもなくおすなは田沼家の家老の面会を断った。

「そ、それは。火急の用とのことでございます」

おすなが鶴吉を見て、

「そなた、あちらの座敷で待ちゃ」

と命じた。

「隣座敷に控えていてよいのでございますか」

「鶴吉、家老の用事よりそなたの三味線が大事じゃ」

鶴吉は隣座敷に下がり、襖を閉じた。その直後、廊下から慌ただしく座敷に入ってきた気配がした。田沼家の家老に向かっておすながいきなり詰問した。

「倉見、火急の御用であろうな」

「お部屋様、尾張の系図屋から急ぎの知らせにございます」

「雹田平からとな」

鶴吉はどきりとした。

「元尚武館佐々木道場の佐々木磐音とおこん、ただ今清水平四郎、いねを名乗り、尾張徳川家の藩道場に出入りしているそうな」

「なにっ、尾張の庇護のもとにあやつら夫婦が入ったとな」

「尾張様の庇護のもとに入ったかどうかは判然としませぬ。ですが、尾張の御用達商人茶屋中島家と知り合い、それが縁で藩道場に出入りをしているようでございます」

「おのれ、尾張め、どうしてくれよう」

おすなが歯軋《はぎし》りをする音が鶴吉の潜む隣座敷まで響いてきた。

「お部屋様、御三家筆頭の尾張に匿《かくま》われたとなると、いささか厄介にございます」

「倉見、言うな。尾張徳川など、なにごとかあらん」

と応じたおすなだが、すぐに反撃の考えが思い浮かばぬようで黙り込んだ。

「尾張は、あの夫婦を尚武館の後継と承知で匿うておるのであろうか」

「雹田平なる系図屋が、尾張の両家年寄竹腰忠親どのにあの者たちの正体を密かに知らせ、領外に出すよう焚き付けたとか。ところが尾張ではそれを承知した上で、これまでどおり偽名のままに二人を遇していると伝えてきました」

「尾張め、どうしてくれよう」

「雹田平は江戸からの尾張への働きかけを願うております」

「倉見、この一件じっくりと考えねばなるまい」

「今一つ知らせが」

「なんじゃ」

「おこんには腹にやや子が宿っておるそうにございます」

鶴吉は、田沼側に知られたくない事実が早くも伝わったことに驚きを禁じ得なかった。

「夫婦者には弥助と霧子と申す、尚武館以来の密偵らしき者が従うておるそうな」

「主従四人か」

「名古屋城下で騒ぎを起こすのは得策ではございますまい。尾張は御三家の筆頭にございますからな」

「うーむ」

とおすなの切歯が鶴吉のところまで響いてきた。

「倉見、四人は尾張藩の長屋にでも住まいを与えられておるか」

「いえ、町屋の中にある聞安寺境内の離れ長屋に暮らしているそうにございます」

「おこんは名古屋でやや子を産む気じゃな」

「尾州茶屋が出入りの医師やら産婆を紹介したようで、そのように思えると雹田平が書き記してきました」

鶴吉は名古屋城下の、

「聞安寺お長屋」

の場所を脳裏に刻み込んだ。

おすなが長い沈黙の後、

「倉見、名古屋の雹田平に急ぎ知らせよ。腹のやや子をすぐにも始末せよとな」

という非情な命に鶴吉は憤怒の感情を抑えるのに必死だった。


それから一刻（二時間）後、神田橋御門内の田沼意次邸から神田橋を渡って鎌《かま》倉河岸《くらがし》に戻った鶴吉は、折りしも客を下ろした猪牙舟《ちょき》に声をかけ、乗った。

御城を右に見ながら御堀を一石橋《いっこく》まで出て、日本橋川に入り、日本橋の下を潜って江戸橋で舟を捨てた。

「旦那、舟から江戸見物かえ」

船頭が無口な客に下り際に尋ねた。なにしろ乗ったところが鎌倉河岸、下りたところが江戸橋とあっては指呼《しこ》の間《かん》だ。

「まあ、そんなものだ」

と舟賃に酒手を加えて渡した客が答えた。

鶴吉は田沼屋敷に怪しまれることを警戒して、尾行がないかどうか猪牙舟に乗って後ろを確かめたのだ。だが、その様子はなかった。

懐にはおすながくれた三味線の代金があった。

最高の材料を使った三味線とはいえ、おすなは一棹《ひとさお》の三味線に二百両もくれたのだ。鶴吉は恐縮の体《てい》で、

「お部屋様、いくらなんでもこれは過分にございます」

と断る様子を見せたが、

「鶴吉、そなたの腕に払う二百両じゃ。なんの過分なことがあろうか」

「それにしても法外な値にございますよ」

「これからもわらわに三味線の手解きを続けてくれぬか。その稽古料も入っておると思えばよかろう」

と押し付けるようにくれた。

鶴吉は二百両を懐に収めるとき、式台前で悄然と肩を落とした老用人の姿を思い浮かべて、

(この金子の出所《でどこ》は、金で地位を買おうとする輩《やから》の苦労の二百両だぜ)

と後悔の念に苛《さいな》まれた。だが、

「この金はうちに入る金子じゃねえ。田沼一派との戦いの費《つい》え」

と自らに言い聞かせた。

江戸橋から荒布《あらめ》橋を渡り、照降町《てりふりちょう》を抜けて親仁《おやじ》橋に差しかかった。ここでも足を止めた鶴吉は、尾行する者の影を確かめた。だが、今日も強い陽射しが江戸の町に降り注いでいるばかりで、怪しい影はないように思えた。

二丁町《にちょうまち》と呼ばれる芝居町から旧吉原を抜け、古着屋が軒を連ねる富沢町をぶらぶらし、入堀を超えて久松町、橘町《たちばなちょう》と町屋伝いに歩き、米沢町の角に両替商の看板を掲げる今津屋の店先に入り込んだ。すると心得顔に老分番頭の由蔵が立ち上がり、目顔で内玄関へ通るように命じた。

由蔵と鶴吉は、店座敷で向かい合った。

「老分番頭さん、神田橋からの帰りにございます」

「なんぞございましたか」

「若先生方は名古屋城下に逗留しておられます」

「えっ、尾張名古屋ですと」

「つまりは、田沼一派に佐々木様方の行き先が知られたということにございますよ」

と鶴吉は田沼屋敷で耳にした内容を由蔵に告げた。

しばし沈思した由蔵が呟くように言った。

「佐々木様方が尾張徳川家と尾州茶屋中島家に身を寄せられたのは吉報かもしれませんぞ、鶴吉さん」

「わっしもそう考えながらこちらに参りました」

「それにしても、おこんさんのやや子を始末せよとは神田橋の牝狐《めぎつね》め」

と由蔵が罵り声を上げた。

「この事実を佐々木様方に知らせることはできますまいか」

「お待ちなされ、鶴吉さん」

と由蔵がさらに腕組みして思案し、

「聞安寺のお長屋に飛脚を立てるのは愚の骨頂にございましょう。この住まいは必ずや田沼一派の雹田平らが見張っておりましょうからな」

「いかにもさようです」

「うちから尾州茶屋中島家に文を出すほうが、手っとり早いでしょう。江戸の両替屋と名古屋の呉服問屋との文のやりとりなど、たれも疑いますまい」

「その中に、佐々木様に宛てた文を入れるのでございますね」

「どうですな、鶴吉さん」

「文の他には入れてはなりませんか」

「入れるとは、なにをでございますな」

鶴吉は懐から二百両の包みを出した。

「田沼老中の女狐が、三味線一棹に二百両もの法外な金子をくれましたんで。わっしが浅草聖天町に店を持てたのも、佐々木様あればこそのことでございます。敵方から頂戴したこの金子、佐々木様方四人の路銀の足しにしとうございます」

「私もな、佐々木様方の路銀を案じていたところですよ」

「なら、こいつを為替《かわせ》にして送ってもらえませんか」

「鶴吉さん、それにしても一度に二百両は多うございましょう。こたびは半金の百両を送られませんか。残りの半金は三味線のお代として鶴吉さんが収められるのがよろしかろうと思いますがな」

「綺麗《きれい》さっぱりとわが手を離れたほうが、わっしの気分もすっきりいたします」

「いえ、百両は、どのような謂れがあろうと天下の回りものの金子にございます。要は使う者の心持ち次第で、金子は生きもし死にもするし、また綺麗な百両になり、汚れた百両にもなる」

「由蔵さんの言われるとおりだ。なら半金の百両有難く頂戴します」

「そうと決まれば鶴吉さん、佐々木様とおこんさんに宛てて文を書きなされ」

「急ぎますか」

「一日くらいの余裕はありましょう。しかし、おこんさんの腹のやや子の命が危ないこともありますし、佐々木様方がいつ何時、名古屋を離れることになるやもしれませんでな、できるだけ早飛脚で尾州茶屋に送り届けとうございますな」

由蔵の言葉に鶴吉がしばし考え、

「三味線造りならすぐにも取りかかれますが、老分番頭さんが見ておられるところで文なぞ書けませんや。ひと晩時を貸してくだせえ」

と願い、由蔵が頷いた。

「それよりわっしは金兵衛さんに会ってこようと思うのですが、いけませんか」

「おこんさんが元気で名古屋に滞在し、佐々木様が尾張藩の道場に通うておられることを知らせれば、金兵衛さんも喜ばれようでな」

「へえ、それもありますが、おこんさんに文を書いてもらうという手はどうでしょう」

「鶴吉さん、それはよい考えですぞ」

「ならわっしはこれにて失礼いたします」

「いささか慌ただしいが、明朝にも飛脚屋を呼びますでな、文のこと宜しく願います」

由蔵に別れを告げた鶴吉は裏口から今津屋を出て、里の人が柳橋と呼ぶ両国西広小路の雑踏に紛れ込んだ。

四

夏がゆるゆると過ぎていく。

磐音は尾張徳川家影ノ流の藩道場の朝稽古に顔を出し、ひたすら汗を流していた。おこんは日に日にせり出してくるお腹を抱えて、霧子を供に城下の朝市などを回り、新鮮な野菜や魚を購《あがな》い、その日のために備えていた。

「おこん様、旅に出る以前より足腰が鍛えられたのではございませんか。歩き方がしっかりしてきているように思えます」

「霧子さん、東海道を尾張名古屋まで二本の足で歩いてきたのです。尾張に立ち寄らなければ、京、大坂どころか備前岡山くらいまで辿り着いていたでしょう」

とおこんが笑い、無意識のうちにお腹を触り、

「そなたも母と一緒に歩いているのですから、元気に生まれてくださいね」

と話しかけていた。


磬音は同じ刻限、藩道場で今里右近を相手にしていた。二日に一度は稽古を願う今里だ。すでに磬音を打ち負かそうという気持ちはない。磬音との実力差があることをさすがに得心したようで、

「清水様、ご指導お願いいたします」

と謙虚に稽古を願うが、打ち込み稽古を始めるや、つい以前の癖が出て、相手をなんとしても力でねじ伏せようとした。

この日も磬音との間合いに踏み込めない今里が自ら焦《じ》れて、上体だけで強引に突っ込み、姿勢が崩れたところを磬音に軽く弾かれて体を流した。

「今里どの、足がついておりませぬ。剣術において、気だけが焦ることは禁物です。体の動きと頭に思い描く考えを一致させて、間合いを詰められよ」

「理屈は分かっているのですが、つい体が先行してしまいます」

「ならばそれがしが攻め方に徹します。今里どのはその場を動かず、それがしの攻めに堪えてご覧なされ。どれほど辛抱ができるか、己の衝動との我慢比べです」

「それで、わが上体だけの突っ込みが直りましょうか」

と首を捻《ひね》りながらも今里が受け手に回った。

磐音と今里は竹刀の切っ先半間で構え合い、磐音がすすっと踏み込むと面打ちから胴へ連打しながら、不動の姿勢で受け方を覚えさせた。その稽古を続けていくうちに、今里の体の上下の動きの均衡がとれてきた。

むろん磐音の攻めは手加減してのものだ。それでも律動的に繰り出される攻めを悉《ことごと》く弾き返す動きに流れが出てきた。

「今里どの、その動きを体に刻み込み、今度は攻めに転じてご覧なされ」

と磐音が命じたとき、異様な空気が藩道場に広がり、大勢の門弟衆が稽古の手を休めて道場の真ん中付近に視線を集中させた。

「何事か」

と道場主石河季三次が声をかけると、稽古の手を止めた門弟衆が左右の壁に下がった。

磐音と今里も見所《けんぞ》そばへと身を移した。

さしも広い道場に大きな空間が広がった。

格子窓から夏の光が射し込み、磨き上げられた床板に反射していた。

その床の中央に編笠を被ったままの武芸者が座していた。体の前には黒塗りの大刀と木刀が置かれてあった。

「何用あって尾張藩道場に断りもなく上がり込んだか」

と門弟の一人が詰問した。

相手からはなんの答えもない。

磐音は武芸者が膝の前に置く柞《ゆす》の木刀を見た後、石河季三次に視線を送った。

石河がその視線を感じたか、眼差しを磐音に返した。

「どうやらそれがしが目当てのお方かと存ずる」

「あの木刀は薩摩示現流かな」

「はい。南郷十右衛門どのかと存じます」

磐音の声を聞いた南郷が深編笠の紐を解《ほど》いた。すると木曽川の岩谷観音淵で対決したときより頬《そ》が削げ落ち、両眼だけがぎらぎらと光る顔が現れた。

「やはり南郷どのか」

と磐音が声をかけた。

「直心影流尚武館佐々木道場坂崎磐音、今一度の勝負ば願う」

と薩摩訛りのぼそぼそとした声音で言い放つと、南郷が柞の木刀を手に立ち上がった。

藩道場に驚きのざわめきが広がった。南郷十右衛門の登場よりも、磐音の身分が南郷から告げられた事実にだ。

「なんと、清水平四郎どのは尚武館道場の後継であったか。さもありなん」

という声が門弟衆の間から洩れた。

「やはりのう」

竹腰山城守忠親の呟きを聞いた磐音は見所を振り返り、視線を合わせた。すると竹腰が目で、

「武芸者の対決に憐憫は無用」

と告げてきた。

磐音は視線を石河に向け直すと、

「道場をお借りしてようございますか」

と願った。

「決死の覚悟の武士《もののふ》、存分に相手なされ」

と許しを与えられると、師範の馬飼籐八郎が普段磐音の使う木刀を携えて磐音のかたわらに来て、

「武運お祈りいたします」

と差し出した。

「心遣い、坂崎磐音痛み入る」

「まさか、それがしの稽古相手が徳川家基様の剣術指南とは驚きました」

馬飼が微笑みかけ、磐音も笑みで応じると、木刀を受け取り、南郷十右衛門のもとに向かった。

尾張藩道場が森閑とした静寂に落ちた。

間合い三間。

南郷十右衛門が柞の木刀を右顔の横に立てた。

木刀の切っ先がわずかに垂直よりも肩へと流れていた。両足は肩幅に保たれていた。

磐音はいつもの如く正眼に構えた。

互いに静の構えだが、南郷のそれは剛、磐音のそれは柔と対照的だった。

薩摩示現流の、『一の太刀を疑わず、二の太刀は敗北』という剣術思想が構えに現れており、磐音のそれは、『春先の縁側で日向ぼっこをしている年寄り猫』と評される居眠り剣法の長閑《のどか》な構えだ。

「ううう っ」

不動の姿勢の南郷の腹の底から雄叫《おたけ》びが発せられ、山が動き出したかのように摺《す》り足で間合いを詰めてきた。

磐音は動かない。

その様子を今里右近が食い入るように見詰めていた。

間合いが詰まった。

「ちぇーすと！」

薩摩示現流独特の気合いが尾張藩道場を震わせ、蜻蛉《とんぼ》という独創の構えから雪崩《なだ》れ落ちる柞の木刀が、磐音の眉間に叩き込まれたかに見えた。

「ああ」

と思わず今里が悲鳴を上げた。

それでも磐音は動かない。

柞の木刀が磐音の額をかち割ろうとした瞬間、磐音の上体が、

ふわり
と後方に引かれ、南郷の木刀の切っ先が雲燿の間で磐音の顔面を掠《かす》め落ちた。
一の太刀が失敗した。
二の太刀は示現流敗北の鉄則を破って、南郷の木刀が不動の磐音の腰骨を砕くように翻った。これが岩谷観音淵で敗れた南郷が考えに考え抜いた策だった。それは磐音が動かぬことを、少なくとも後《ご》の後《ご》の先《せん》をとることを前提にした攻めだった。
その瞬間、磐音の正眼の木刀が眼前にいる南郷十右衛門の喉笛を突き破り、後方に七、八間もふっ飛ばした。
どたり
と南郷の体が道場の床板に落ち、柞の木刀が手から離れて、
ごろごろ
と転がった。
磐音はただ一撃動かした木刀を下げると、南郷十右衛門のもとに歩み寄った。
仰向けに倒れ伏した南郷の喉元から血が噴き出してきた。
南郷は片手でその突き破られた傷口を塞ぐと、

「お、おはんは恐ろしか武……」

と言いかけた途中にことりと息絶えた。

磐音は南郷のかたわらに正座すると、頭《こうべ》を垂れて両眼を閉じ、両手を合わせた。

息を呑んだ尾張藩の面々が、磐音のいつ両手を解くとも知れぬ長い合掌を見守っていた。


金兵衛は菅笠を被り、背中に米を一斗ほど詰めた袋を担ぎ、深川六間堀の長屋から小名木川《おなぎ》に出て、河岸沿いの道をひたすら東に向かった。

手には杖を突き、

「さんげさんげ、六根罪障《ろっこんざいしょう》」

と唱えながら早足で歩く。

小名木川が横川と交差するところに架かる新高橋から猿江橋を渡って小名木川の北側に移り、さらに河岸道を東に進み、南十間川にぶつかったところで南十間川沿いに北に向きを変え、猿江町の材木置き場を横目にひたすら進んでいく。

途中で金兵衛長屋に出入りする野菜舟に出会い、顔馴染みの売り方が、

「金兵衛さんじゃありませんか。そんな格好《なり》してどこへ行くんですよ」

と声をかけたが、金兵衛の口から洩れてきたのは、

「さんげさんげ」

の声だけだった。

南十間川から十間川、さらに北十間川の河岸道を歩いた金兵衛は、横川に戻りつき、業平《なりひら》橋を渡ってこんどは源森《げんもり》川沿いに大川左岸に出た。ここでまた方向を転じて、大川端を河口へと、

「さんげさんげ、六根罪障」

を唱えながら下っていく。

その刻限、野菜舟を六間堀の猿子橋に着けた売り方が、

「野菜だよ。平井村で採れた野菜だよ！」

と声を張り上げると金兵衛長屋の女衆《おんなし》が集まってきた。

「おたねさんよ、差配の金兵衛さんを南十間川の河岸道で見かけたが、なんぞあったか」

「さんげさんげと唱えていたんだね」

「おお、そうだ」

「大山参りに行くんで、足腰を鍛えているんだと」

「おかしくなったか」

と野菜売りが頭を差した。

「おこんちゃんがあんなふうに江戸から姿を消したんだもの、おかしくなっても仕方がないよ」

「おたねさん、ありゃ、治らないんじゃないかね」

「えっ、長屋で差配の面倒をみることになるのかい」

「だって娘のおこんちゃんがいないんだもの、仕方ないよ」

「おこんちゃんが尚武館の嫁になった頃はさ、金兵衛さん、寂しさもあったろうが得意げでもあったよ。それが今度は浪人さんに立ち戻った亭主と都落ちだ」

「田沼様が威勢を張っている間は江戸に戻ってこられまいな」

「金兵衛さんの面倒をいよいよあたしらが見るのかい」

「おお、嫌だ嫌だ」

などと長屋の連中が言い合っているとも知らず、金兵衛はその刻限、ようやく足を止めていた。

両国橋の東詰に垢離場《こりば》があり、大山に詣でる者は水垢離をとって身を清める習わしがあった。

金兵衛も背に負っていた米袋を下ろし、菅笠を脱ぎ、白髪頭に手拭いで鉢巻きをした。次いで汗塗《まみ》れの白衣を脱ぎ、褌《ふんどし》一丁の手に緡《さし》と呼ばれる藁《わら》しべの束を持って、

「さんげさんげ、六根罪障」

と唱える度に緡を一本流して身を清めた。そのようにして、手にした緡がすべてなくなれば身を清めたことになるのだ。

水垢離を終えて身を震わせながら石段を上がった金兵衛に、声がかかった。

「おこんさんのお父っつぁんじゃないか。年寄りの冷や水というぜ。若い衆に混じって水垢離はねえと思うがね」

と話しかけたのは、楊弓場《ようきゅうば》「金的銀的《きんてきぎんてき》」の朝次《あさじ》親方だ。

「な、なにが年寄りの冷や水だって。金兵衛は、大山だろうが、帰りに江ノ島の女郎屋だろうが上がりますよ」

「こりゃ、驚いた。おこんさんが聞いたら腰を抜かすぜ」

「余計なこった。おこんなんぞとは関わりがございません」

と言いながらも金兵衛はがたがたと体を震わせた。

「見ねえ、体が紫色だぜ。うちに来て着替えをしなせえよ」

「水垢離場で着替えさせていただかないと、御利益《ごりやく》が逃げてしまうよ」

頑固にも金兵衛は米袋の他に用意してきた古浴衣《ふるゆかた》を羽織り、濡《ぬ》れた褌を乾いたものと替えると、ようやく震えが止まった。

「寂しいやね」

朝次が金兵衛の気持ちを察して言った。

「なにが寂しいものか」

「そう強がりを言わなくてもいいじゃないか」

「強がりなんか言ってないよ」

と濡れたものを一つに纏《まと》めて菅笠を被り直し、米袋を担いで杖をついた金兵衛は、

「さんげさんげ、六根罪障。はい、親方、失礼しますよ」

と言うとにたりとした謎の笑いを残して水垢離場を離れ、長屋に戻っていった。

「おこんさんが戻ってくるまで保《も》つかねえ」

とその背に朝次が呟いた。

「さんげさんげ、六根罪障」

金兵衛長屋の木戸口に大山参りの声が響き、井戸端からおたね、おしま、おいちに付け木売りのおくま婆さんまで飛び出してきた。

「大丈夫かい、そんなに張り切ってさ」

「ちったあ歳を考えるがいいじゃないか」

とおいちとおくまが金兵衛に言った。

「おくまさん、年寄りのおまえさんになんぞ言われたくないよ。わたしゃ、まだ矍鑠《かくしゃく》としていますよ」

「体はそうかもしれないが、気がねえ」

「気がどうしたって、おたねさん」

「だってそうじゃないか。ここ数日来、様子がおかしいよ。一人でにやにや笑ったりさ、時ならないときに仏壇に向かってぶつぶつ呟いたりさ。ありゃ気が変になった証拠《あかし》じゃないかね」

「痩せても枯れても深川六間堀の差配の金兵衛は、孫の顔を見るまでは元気で長生きしますよ」

「だから、それがすでにおかしいと言うんだよ。おこんちゃんも浪人さんも行方《ゆくがた》知れずなんだろ」

「へんだ、へんだ、へへんのへんだ。たれが行方知れずだって」

「だから、娘のおこんちゃんだよ」

にんまりと笑った金兵衛が、

「この何日も一人で楽しんできたが、よし、こうなったら大盤振る舞いのこんこんちきだ。おこんは、尾張名古屋で元気に暮らしているんだよ」

「えっ、ほんとうかえ」

「おたねさん、驚いて小便をちびるんじゃないよ」

「そんなことするものか」

「おこんの腹にやや子がいると、知らせがあったんだよ」

「おまえさんのところにかい」

「違うよ。だけどな、正真正銘の確かな知らせだ。それに婿どのとおこんのかたわらには、付き添いが二人もいるとよ」

鶴吉から知らされたおこんと磐音の近況を、金兵衛は我慢できずに語った。

「おこんちゃんは尾張名古屋でやや子を産むのかい」

「おうさ。なんでも尾州茶屋という尾張徳川様御用達の呉服問屋さんの世話になってるらしいよ」

「そいつはよかったね。尾張名古屋で金兵衛さんの初孫がねえ。おこんちゃんに会いたいだろう」

「会いたいだって、飛んでいきてえよ」

「大山なんぞ行かずに尾張名古屋に行きなよ」

「おくま婆さん、わしがあと十若ければな、腰に草鞋《わらじ》を二、三足ぶら下げて東海道を駆けのぼるがねえ」

「金兵衛さんの歳じゃそうもいかねえか」

「うるさいよ、おたねさん。わたしゃ、長屋でおこんと婿どのの帰りをしっかりと待ちますよ」

と金兵衛が言い切った。

同じ刻限、おこんは青空にぽっかり白い雲が浮かぶ東の空を見て、

「お父っつぁん、元気でいてね。磐音様と私の子が生まれるまで頑張るのよ」

と呟いた。するとお腹の子がぴくりと動いた。

「静かになさい、もうしばらくの辛抱よ」

おこんが諭すように、まだ見ぬわが子に言いかけ、縁側で文を認《したた》める亭主を振

り返った。

磐音は、筑前《ちくぜん》福岡城下に滞在中の松平辰平《まつだいらたつぺい》と土佐高知城下にいる重富利次郎《しげとみとしじろう》に宛て、近況を記す書状を認めていた。

いつの日か、旅の空の下で辰平さんと利次郎さんに会うことができるかしら、とおこんは漠とした考えに落ちた。

うだるような暑さが当分続きそうな尾張の夏だった。

本書は『居眠り磐音　江戸双紙　尾張ノ夏』（二〇一〇年九月　双葉文庫刊）に
著者が加筆修正した「決定版」です。

編集協力　澤島優子
地図制作　木村弥世

本書の無断複写は著作権法上での例外を除き禁じられています。
また、私的使用以外のいかなる電子的複製行為も一切認められておりません。

文春文庫

尾《お》張《わり》ノ夏《なつ》
居眠《いねむ》り磐音《いわね》（三十四）決定版《けつていばん》

定価はカバーに
表示してあります

2020年7月10日　第1刷

著　者　佐《さ》伯《えき》泰《やす》英《ひで》
発行者　花田朋子
発行所　株式会社　文藝春秋

東京都千代田区紀尾井町 3-23　〒102-8008
TEL 03・3265・1211㈹
文藝春秋ホームページ　http://www.bunshun.co.jp

落丁、乱丁本は、お手数ですが小社製作部宛お送り下さい。送料小社負担でお取替致します。

印刷製本・凸版印刷

Printed in Japan
ISBN978-4-16-791529-2

居眠り磐音

友を討ったことをきっかけに江戸で浪人暮らしの坂崎磐音。隠しきれない育ちのよさとお人好しな性格で下町に馴染む一方、〃居眠り剣法〃で次々と襲いかかる試練と敵に立ち向かう！

※白抜き数字は続刊

居眠り磐音〈決定版〉順次刊行中！

① 陽炎ノ辻《かげろうのつじ》
② 寒雷ノ坂《かんらいのさか》
③ 花芒ノ海《はなすすきのうみ》
④ 雪華ノ里《せっかのさと》
⑤ 龍天ノ門《りゅうてんのもん》
⑥ 雨降ノ山《あふりのやま》
⑦ 狐火ノ杜《きつねびのもり》
⑧ 朔風ノ岸《さくふうのきし》
⑨ 遠霞ノ峠《えんかのとうげ》
⑩ 朝虹ノ島《あさにじのしま》
⑪ 無月ノ橋《むげつのはし》
⑫ 探梅ノ家《たんばいのいえ》
⑬ 残花ノ庭《ざんかのにわ》
⑭ 夏燕ノ道《なつつばめのみち》
⑮ 驟雨ノ町《しゅううのまち》
⑯ 螢火ノ宿《ほたるびのしゅく》
⑰ 紅椿ノ谷《べにつばきのたに》
⑱ 捨雛ノ川《すてびなのかわ》

⑲ 梅雨ノ蝶 ばいうのちょう
⑳ 野分ノ灘 のわきのなだ
㉑ 鯖雲ノ城 さばぐものしろ
㉒ 荒海ノ津 あらうみのつ
㉓ 万両ノ雪 まんりょうのゆき
㉔ 朧夜ノ桜 ろうやのさくら
㉕ 白桐ノ夢 しろぎりのゆめ
㉖ 紅花ノ邨 べにばなのむら
㉗ 石榴ノ蠅 ざくろのはえ
㉘ 照葉ノ露 てりはのつゆ
㉙ 冬桜ノ雀 ふゆざくらのすずめ
㉚ 侘助ノ白 わびすけのしろ
㉛ 更衣ノ鷹 きさらぎのたか 上
㉜ 更衣ノ鷹 きさらぎのたか 下
㉝ 孤愁ノ春 こしゅうのはる
㉞ 尾張ノ夏 おわりのなつ
㉟ 姥捨ノ郷 うばすてのさと
㊱ 紀伊ノ変 きいのへん
㊲ 一矢ノ秋 いっしのとき
㊳ 東雲ノ空 しののめのそら
㊴ 秋思ノ人 しゅうしのひと
㊵ 春霞ノ乱 はるがすみのらん
㊶ 散華ノ刻 さんげのとき
㊷ 木槿ノ賦 むくげのふ
㊸ 徒然ノ冬 つれづれのふゆ
㊹ 湯島ノ罠 ゆしまのわな
㊺ 空蟬ノ念 うつせみのねん
㊻ 弓張ノ月 ゆみはりのつき
㊼ 失意ノ方 しついのかた
㊽ 白鶴ノ紅 はっかくのくれない
㊾ 意次ノ妄 おきつぐのもう
㊿ 竹屋ノ渡 たけやのわたし
51 旅立ノ朝 たびだちのあした

新・居眠り磐音

① 奈緒と磐音 なおといわね
② 武士の賦 もののふのふ
③ 初午祝言 はつうましゅうげん
④ おこん春暦 おこんはるごよみ

文春文庫　最新刊

鼠異聞 上下　新・酔いどれ小籐次（十七）（十八）　佐伯泰英
高尾山に向かう小籐次を襲う影とは？　新たな出会いも

ランニング・ワイルド　堂場瞬一
制限時間内にアドベンチャーレースを完走し家族を救え

ミッドナイトスワン　内田英治
トランスジェンダーの愛と母性とは。同名映画の小説化

満月珈琲店の星詠み　画・桜田千尋　望月麻衣
満月の夜にだけ開く珈琲店。今宵も疲れた人が訪れて…

赤坂ひかるの愛と拳闘　中村航
寡黙なボクサーと女性トレーナー。ふたりの奇跡の物語

あなたならどうする　井上荒野
男と女、愛と裏切り…。あの名歌謡曲の詞が蘇る短編集

空に咲く恋　福田和代
花火師の家に生まれた僕と彼女。夏を彩る青春恋愛物語

ドローン探偵と世界の終わりの館　早坂吝
名探偵、誕生！　ドローンを使い奇妙な連続殺人に挑む

孤愁《こしゅう》ノ春　居眠り磐音（三十三）決定版　佐伯泰英
尚武館を追われた磐音とおこん。田沼の刺客から逃げろ

尾張《おわり》ノ夏　居眠り磐音（三十四）決定版　佐伯泰英
身重のおこんと名古屋に落ち着いた磐音に、探索の手が

心では重すぎる 上下〈新装版〉　大沢在昌
人気漫画家が失踪。探偵の前に現れた女子高生の正体は

殉国〈新装版〉陸軍二等兵比嘉真一　吉村昭
祖国に身を捧げよ―十四歳の少年兵が見た沖縄戦の真実

うつ病九段　プロ棋士が将棋を失くした一年間　先崎学
発症から回復までを綴った、前代未聞の心揺さぶる手記

清原和博　告白　清原和博
栄光からの転落、薬物や鬱病との闘い。今すべてを語る

拝啓、本が売れません　額賀澪
注目の作家みずからが取材した、「売れる本」の作り方！

全滅・憤死　インパール3〈新装版〉　高木俊朗
インパール作戦の悲劇を克明に記録したシリーズ第三弾